Edition : Books on Demand,
12/14 rond-Point des Champs-Elysées, 75008 Paris
Impression : BoD - Books on Demand, Norderstedt, Allemagne
ISBN : 9782322159147
Dépôt légal : Août 2019

Delphine PETINON

La dernière part du gâteau

ROMAN

Du même auteur

Des mois, des années - 2016

Double vie - 2018

3

A mes soeurs.
A mes parents.
A mes amis chers.
Aux personnes qui sauvent des vies.
Aux Monténégrins.

8 mars 2018

Samuel

J'émerge. Dur réveil. Il faut dire que je n'ai pas bu que de l'eau hier soir. Je ne sais pas quelle heure il est, mais tu n'es plus là, mon amour. Le lit est vide, le lit ne sent pas ton odeur. Le lit pue l'alcool, la clope et la transpiration. Je prends un café, lait, supplément miel, et je file prendre ma douche. Je t'appelle ensuite, c'est promis. L'eau froide atteint mon crâne, coule sur mon visage, et glisse sur mon torse, mes bras et mes jambes. J'en sors en homme neuf. Je t'appelle, mais tu ne me réponds pas. Ce n'est pas dans tes habitudes, mais peut-être que tu es au marché, au café ou chez ta mère... Je tenterai ma deuxième chance dans une heure. Tu n'as pas pu disparaître, mon coquelicot adoré. Dès le début, ce surnom m'est venu en te voyant, dans ta longue robe rouge qui laissait dépasser tes douces jambes fraîchement épilées. Et dès le début, tu l'as détesté. C'est pour ça que je l'aime. Je n'arrive pas à me concentrer ce matin. Qui est responsable ? La gueule de bois ou ton absence ? Je ne me sépare que rarement des deux, difficile de savoir. J'ouvre les rideaux, il fait beau, c'est un jour comme un autre. Le vieux d'en face a sorti sa chaise pour

5

s'assurer que la ville tourne bien, la Porsche de monsieur Gonin est flamboyante et les pigeons envahissent la rue et chient sur les bagnoles. Une traditionnelle matinée Gastaise. Enfin presque. Car tu n'es pas là Lou-Anne, ma fraise des bois, ma cerise au chocolat, ma nana. Je retente de t'appeler.

Lou-Anne

Je suis en chemin. Mon boulot de flic me permet d'avoir accès à beaucoup d'informations. Je vais enfin pouvoir élucider ta vie, mon coeur. Tu sauras d'où tu viens. Je m'attends à tout. Peut-être sera t-elle la plus heureuse du monde, peut-être sera t-elle brune, grande, avec les yeux verts et un corps de rêve, comme son fils ! J'espère qu'elle voudra bien m'écouter. Je suis sûre qu'il y a une explication logique à toute cette histoire. Tu es né mon chéri, mais tu ne connais pas ta mère. Je vais aller la voir pour toi. Tu dois dormir comme une masse vu l'état dans lequel tu es rentré hier soir Sam, et j'en ai profité. Tu vas te réveiller doucement dans nos draps propres, et tu vas m'appeler dans la foulée, j'en suis sûre. Mon téléphone sonne, qu'est-ce que je disais ? Je te laisse communiquer avec mon répondeur, je suis au volant, et j'ai une urgence. Tu es une personne avec un grand coeur, un brun au regard clair, des mains douces et des doigts de pianiste. Je ne peux pas croire que tu sois le fruit d'un monstre. Je vais régler cette histoire, il est temps. Tu ne feras plus de cauchemars, seulement des rêves. Deuxième appel. Patiente chéri, je serai de retour rapidement.

6

Madeleine

J'ai très mal aux côtes, au dos, aux jambes, à l'âme. Je ne sais pas encore combien de temps je vais tenir, mais je vais mourir dans l'année. Je ne vis plus, je survis en pensant à lui. J'espère qu'il est heureux, qu'on l'aime, qu'il est beau, intelligent, et sensible aussi. Son père l'était au début, les premiers mois seulement. Mais les gens changent. Aujourd'hui j'ai du mal à respirer. La soirée a été violente, je n'ai rien pu faire. On toque à la porte, mon mari me force à aller ouvrir car il est devant la télé. J'entrouvre, j'ai appris à me méfier. Elle est jeune, elle est belle, elle est innocente.

- Bonjour ! fait-elle fièrement.
- Qu'est-ce que vous voulez ? Ne trainez pas là.

Elle a l'air surprise. Il vaut mieux être prudente, il faut vite qu'elle parte, avant qu'il s'énerve.

- Partez ! j'insiste.
- Excusez-moi... je ne suis pas chez madame Peynnot ?

Merde alors, la petite connaît mon nom. Je suis comme morte, disparue de la circulation depuis longtemps. Plus d'amis, plus de famille, plus de traces de moi sur cette Terre. Comment a t-elle pu me retrouver ? Il s'agite dans la pièce à côté, j'ai peur.

- Partez maintenant. Je n'ai pas le temps.
- On ne peut pas sortir boire un café ? S'il vous plaît, c'est important.
- Non. Du balai, jeune fille.
- C'est votre fils... Je...

Je lui claque la porte au nez. Personne ne sait pour mon bébé. Elle doit fuir, vite. Et s'il lui était arrivé quelque chose ? Elle insiste, elle est toujours plantée devant la porte. Je prie pour qu'elle parte, mais je l'entends qui se lève lourdement du canapé... C'est trop tard. Fuis gamine, allez, ouste.

Lou-Anne

Etrange belle-mère. Ses yeux étaient presque fermés, sa bouche était invisible, et ses rides, trop appuyées. Elle avait l'air épuisée, apeurée, seule, même un peu triste. J'hésite un instant, puis je sonne. Je suis là pour toi mon Samuel, pour nous, et je ne baisserai pas les bras si vite. Elle te ressemble comme deux gouttes d'eau, j'en suis restée perplexe un instant. Cette fois-ci, c'est un homme qui m'ouvre. Il est très élégant, musclé, peut-être ton père. Il sourit de toutes ses dents.

- Que puis-je pour vous belle demoiselle ?
- Monsieur Peynnot ? Bonjour, je suis Lou-Anne Sommelier, je peux entrer ?
- Lui-même ! Avec plaisir, allez-y ! me fait-il en désignant l'intérieur de sa maison.

Je ne vois pas la petite dame de tout à l'heure. C'était peut-être la femme de ménage. Ton père est un homme charmant, mon amour, comme toi. Il me fait installer dans la pièce à vivre. A première vue, ce n'est pas le luxe. La femme de ménage réapparaît dès que ton père l'appelle, et elle s'installe avec nous autour de la table. Elle ne me quitte pas du regard. Je suis un peu bouleversée, mais je pense fort à toi, et je me lance. Je lui parle de toi, je lui parle de nous. La petite dame n'est pas là pour le ménage, c'est bien ta mère, et elle n'a pas l'air ravie de ce que je lui apprends. Plus je parle, plus ton père est heureux, plus ta mère baisse la tête. J'hésite, je suis perdue entre deux réactions, tellement contradictoires. D'un coup, ton père se lève et je sursaute.

- Vous êtes... Un cadeau du ciel ma chère Lou-Anne ! Tu ne me le prendras pas espèce de traîtresse ! Jamais ! La vie me ramène mon fils, j'ai gagné ! J'ai gagné salope, je t'ai eue ! se met-il à crier sur sa femme, abattue.

Je comprends alors que j'ai peut-être fait une énorme, et irréparable erreur.

Franck

Cette femme m'a rendu la vie. Je suis devenu colérique, alcoolique, ingérable et violent à cause de Madeleine. Elle m'a pris mon fils, elle m'a privé de ma chair. Je ne lui ai jamais pardonné, je l'ai retrouvé, et je vais la faire payer. La blondinette va me dire où se trouve mon grand garçon et on sera heureux, tous les deux. Je me débarrasserai de sa mère, cette saloperie. Je n'en ai plus besoin de toute façon. Mon fils doit être aussi beau que moi pour réussir à coucher avec une nana pareille. Veinard ! Je le féliciterai bientôt de vive voix. J'étais un gamin heureux une semaine sur deux. Ma mère était une droguée, une sale personne qui a construit la face sombre de ma personnalité. Mon père, brave ouvrier, était un acharné, qui m'a donné ce qu'il a pu. Je me suis fait dévorer par le mauvais côté. Les femmes... Quelle bande de nazes. Ce sont toutes les mêmes. Des profiteuses, des emmerdeuses, des menteuses et des traîtresses. Je me fous de Lou-Anne. Elle me guidera à mon fils, et elle disparaîtra quand mon garçon aura compris qu'on ne peut être heureux avec une fillette à la maison qui nous pompe tout notre fric et notre énergie. Il n'aura plus besoin d'elle, il aura son père. Je suis sûr qu'il m'imagine, et rêve de moi depuis gamin. Bientôt, nous serons réunis.

Isabelle

Mon gendre m'appelle depuis ce matin. Il est bien gentil, mais il faudrait qu'il comprenne que j'ai un travail, moi. Il s'inquiète, ma fille n'était pas chez eux ce matin. Il se fait toujours beaucoup trop de soucis pour toi. Ma grande fille est responsable, intelligente et forte. Je vais rentrer et préparer le dîner pour ce soir, mes enfants viennent tous les trois. Je suis excitée depuis le jour où il a été programmé, il y a un mois. J'espère que tout le monde se souviendra, ils savent que j'y tiens.

Je m'active. Je fais légèrement cuire ma viande dans une poêle bien beurrée. J'espère que Lou-Anne et son père sauront se tenir, je ne veux pas de dispute, pour une fois. Je sors les trois pots de sauce tomate, la crème fraîche qui fera toute la différence entre mes lasagnes et celles de monsieur tout le monde, et je coupe le gaz sous la viande. Mon plat prend forme, l'heure approche, mes yeux pétillent. Pierre est déjà rentré, il n'a pas oublié.

- Tes lasagnes ! J'adore quand tu nous fais ça, tu sais que je ne résiste jamais !
- Tu te ressers toujours deux fois ! je ris.

Pierre est un brillant avocat, un super petit ami, un formidable mari, et un excellent père. Il est de la vieille école, mais on a su s'accorder parfaitement au son de n'importe quelle danse, tout au long de notre vie. Mon fils Clément est le même que moi. C'est le plus sensible, le plus touchant, mais le plus débrouillard avec les papiers et l'informatique. Lou-Anne est une miniature de son père, avec le même foutu caractère, difficile à dompter. Sonia, ma petite dernière, le bébé de la famille, est un parfait mélange de tout ce chantier. On sonne, je me précipite.

Clément

Ma mère a organisé un dîner en famille ce soir. J'avoue que cela fait un bon bout de temps qu'on ne s'est pas retrouvé tous les cinq dans la maison de famille. Je parie qu'elle a passé la journée en cuisine pour faire son plat de lasagnes, je le sens déjà derrière la porte. Ma petite soeur Lou-Anne travaille tout le temps. On est très proche, mais j'ai du mal à la voir entre ses missions et son mec. Je me demande ce qui aura changé chez elle cette fois-ci. Elle apparaît toujours différente des fois d'avant. Il faut dire qu'elle grandit vite. Je n'ai pas hâte de voir Sonia passer les vingt ans, je vais prendre un sacré coup dans la tronche.

- Salut maman !
- Entre mon fils, ton père est là. Tu es le premier des trois, comme d'habitude.

Mes soeurs n'ont pas pu oublier, je leur ai rappelé hier soir. Sonia arrive, je l'entends hurler sur le chien, qui salit son pull avec ses pattes. Lou-Anne est toujours la dernière, papa va encore lui faire une réflexion. Maman rayonne. Elle a mis une nouvelle robe, s'est maquillée le haut des yeux pour les faire ressortir, et s'est aspergée de parfum à cent quatre-vingt euros la bouteille.

Pierre

Sonia ouvre la porte, elle est superbe. Elle râle après Jimmy le chien, mais elle retrouve vite son sourire en voyant ma salopette bleue dont elle se moque à chaque fois. Isabelle s'est activée dans la cuisine tout l'après-midi. Le plat est chaud, mais comme d'habitude, Lou-Anne se fait attendre. Elle n'a jamais été une petite fille ordinaire. On ne peut pas dire qu'elle nous ait fait une grosse crise d'adolescence, à boire, fumer, sortir, fuguer, crier, insulter, mais elle nous a quand même donné du fil à retordre. Si tout le monde aime le rouge, Lou-Anne va détester le rouge. Si tout le monde va là-bas, ma fille aînée ira à l'opposé. Elle a toujours eu des goûts et des envies contraires à la majorité de la population. Elle cherchait sûrement à se différencier en s'habillant avec mes t-shirts dès le collège, les pulls de sa grand-mère, les mocassins de sa mère, les vestes de son frère. Elle voulait devenir mécano, alors qu'elle n'avait jamais touché à une voiture. Ma femme dit qu'elle est comme moi, je ne suis pas d'accord. Moi je n'aime réellement pas la mer, le soleil, partir trop longtemps en vacances, le rouge. On grignote des gâteaux, on attend, elle n'arrive pas. Voyant que je m'impatiente, Clément sort son téléphone, j'imagine qu'il appelle sa soeur. Il revient, pâle.

- Lou-Anne ne répond pas. J'ai des messages de Samuel, elle n'était pas là ce matin à son réveil, et il l'a appelée toute la journée, elle n'a pas décroché. C'est bizarre, non ?
- Tu d'vrais pas t'en faire pour ta soeur, mon fils. Tu la connais, elle va revenir avec encore une bonne excuse : les copines, les bouchons, dormir. Elle va trouver. On passe à table, j'ai faim.

Lou-Anne

L'homme, Franck, est devenu fou. Fou de joie, de colère, d'impatience. Il a changé de visage, et d'un seul coup j'ai peur.

- Bon, je vais y aller, je dois voir avec Samuel ce qu'il en pense. Il doit s'inquiéter, je ne suis pas rentrée de la journée.
- Non ! Ne bouge pas, tu restes. Tu te crois où, là ? Tu vas m'emmener voir mon fils, et maintenant !

On dirait un psychopathe, comme dans les films. J'ai vraiment peur. La vieille dame a l'air toute abîmée, que lui fait-il ? Elle baisse la tête, triste et fragile. J'aurais dû fuir. Elle a tenté de me prévenir, je me retrouve prise au piège. Je devais être chez mes parents ce soir, ma mère nous a invités tous les trois avec Clément et Sonia. Ils doivent s'inquiéter. Je mets ma tête dans mes mains pour réfléchir. Je ne peux pas l'emmener voir Samuel, il a l'air instable. Que vais-je faire ?

- Ecoutez Franck, j'ai un repas de famille important prévu ce soir, ils doivent m'attendre et s'inquiéter.
- Ils comprendront qu'on avait mieux à faire. Allez, lève toi de là, blondasse.

Il enfile son manteau, et je tombe des nues. Il paraît si sombre. Je me retrouve dans cette pièce qui devient lugubre à mes yeux. Il s'active dans tous les sens, il se coiffe devant le miroir, mais je ne bougerai pas. Madeleine lève les yeux vers moi, et me prend la main discrètement. On dirait qu'elle me souhaite bon courage pour ma venue en enfer. J'ai fait une grosse bêtise, une fois de plus. Je n'aurais jamais dû venir ici, et encore moins insister. Mon père dirait que c'est bien fait, parce que je me suis mêlée des affaires des autres et en prime, j'ai continué de m'enfoncer. Voilà mon sort, je vais me faire tuer par le père de mon mari. Maman, aide-moi. J'ai envie de pleurer, mais je dois rester forte, et trouver une solution. Je suis sûre qu'on peut discuter, entre humains.

Madeleine

La petite comprend petit à petit. Elle vient de mettre un pied en enfer. Je suis désolée de ne pas avoir réussi à la protéger, elle. J'ai épargné les flammes à mon fils, mais sa compagne vient de m'y rejoindre. Moi, je meurs à petit feu ici depuis des années, je ne sais plus combien. Je ne peux pas lui dire en face qu'elle est foutue, alors je lui prends la main, par compassion. Ici, personne ne viendra nous sauver, elle va le comprendre. Je préfère la laisser espérer encore un peu, ça fait survivre un temps. Mes côtes me font mal, ma tête résonne à chaque fois qu'il parle, mon dos porte toute la misère du monde. J'ai tout juste cinquante-cinq ans, et je parais déjà tellement vieille. Je regarde la petite Lou-Anne, je n'étais pas beaucoup plus âgée qu'elle lorsque j'ai su que j'attendais un enfant. L'enfant d'un monstre et d'une mère seule. J'étais terrifiée, trop peu courageuse, et trop peu entourée. Cette jeune femme connaît mon fils, celui que je me suis imaginée tant de fois. Elle l'a déjà touché, elle connaît son visage et son corps par coeur. Elle sait son histoire. Mes prières ont été entendues, mon fils est heureux. Cette nouvelle me réchauffe le coeur un instant, jusqu'à ce que Franck réapparaisse.

Franck

Je suis prêt. J'ai enfilé un costume, mis de belles chaussures, un peu de gel. Je suis beau comme un camion pour la première rencontre avec mon fils. Je reviens, la blondasse n'a pas levé son cul de la chaise. Je vais la tirer vite fait, par les cheveux s'il le faut. Je perds patience, qu'elle ne fasse pas la maligne. Elle est venue pour que mon fils rencontre ses parents biologiques, alors qu'elle m'y emmène. J'ai tout prévu. Je lui dirai la vérité, sa mère l'a abandonné et moi, je l'ai très mal vécu. J'espère qu'il est devenu quelqu'un d'important, de bien élevé, d'égoïste, et qui marche droit. J'ai vite compris qu'il n'y a que l'égoïsme qui permet de vivre heureux. Dès que tu partages, comme je l'ai fait avec Madeleine, tu perds. C'est mon petit garçon qui en a fait les frais. J'ai tout perdu en même temps. J'avais besoin d'un successeur pour l'entreprise, alors j'ai dû me trouver une nana. Madeleine n'était pas trop capricieuse, et plutôt agréable à regarder, à l'époque. J'ai joué l'homme gentil et doux les premiers mois, fait ma demande en mariage pour l'avoir dans la poche, et j'ai attendu qu'elle m'annonce enfin qu'elle était enceinte. Les années passaient, j'avais peur de finir seul et de devoir vendre à un inconnu qui transformerait le commerce de ma mère avant qu'elle ne plonge dans la drogue. J'y tenais, je voulais que mon enfant y travaille dès qu'il aurait appris à marcher. J'ai fait une erreur. Le jour où mon épouse m'a annoncé la bonne nouvelle, j'ai fait tomber le masque dans un moment d'imprudence. J'étais si heureux après toutes ces années, et tous ces efforts, d'être parvenu à mes fins. Elle a vu mon vrai visage, elle a vu mon côté sombre. Un beau jour, elle est revenue avec le ventre plat mais pas de bébé dans les bras. Cette imbécile a ruiné ma vie, j'ai compris que je n'aurais jamais de successeur, que j'allais perdre la bataille après des années d'efforts. Je l'ai frappée et je l'ai insultée. Je l'ai réduite en miettes depuis qu'elle m'a enlevé ma raison de vivre. Elle le paye encore, elle le payera toujours. Je n'allais pas rester là les bras croisés, sans qu'elle soit punie. Je fais bien, je suis juste.

Aurel

Le commissariat est vide. La chaleur étouffante a fait fuir la moitié de mes collègues. J'étais bien au frais dans mon appartement mais j'ai dû en sortir et affronter la canicule. J'ai rendez-vous avec ma collègue et amie dans son bureau pour une mise au point sur l'affaire Céniac, un gamin retrouvé enfermé dans un puits la semaine dernière. Horrible histoire, mais qui ne se finit pas trop mal. Mon métier est très dur. Physiquement, mentalement et psychologiquement. Il faut être fort, courageux, disponible à temps plein, débrouillard, logique, et ne jamais se laisser dépasser. On apprend sur le terrain, ça forge. Je suis encore un peu nouveau ici, je ne bosse avec cette brigade que depuis trois ans. Le lieutenant Sommelier m'a tout de suite pris sous son aile. Elle est gentille, patiente, et c'est surtout un très bon flic. J'entre dans son bureau, elle n'y est pas. J'espère qu'elle n'a pas oublié. Lou-Anne est mon amie, elle est tête en l'air, souvent en retard, susceptible, un peu décalée, avec un caractère à faire craquer les plus calmes. Mais, au travail, elle ne fait jamais d'erreur. Je suis étonné, je tente de l'appeler. J'attends, ça sonne, mais personne ne répond. Je laisse un message. Depuis qu'on se connaît, elle ne m'a jamais planté. J'espère qu'il ne lui est rien arrivé. C'est le désordre sur son bureau. Son blouson est toujours sur le dossier, sa plante tire la tronche, son ordinateur est en veille mais pas éteint. Je me demande comment elle fait pour s'y retrouver entre toute cette paperasse. Rien qu'à la regarder, ça me donne un mal de crâne. Bon, je rentre chez moi.

Sonia

On a décidé de passer à table. Les lasagnes sont finies. On a entamé le gâteau, le magnifique gâteau au chocolat et aux cerises. Il ne reste qu'une part. Ma mère garde espoir que ma soeur arrive, mon père veut la manger, mais elle la protège. Même si elle ne le montre pas, elle est un peu attristée que ma soeur ne soit pas venue, et n'ait prévenu personne. J'adore ma soeur, mais elle ne fait attention à rien. C'est toujours le bazar dans ses affaires et dans sa vie, résultat, elle oublie les rendez-vous, elle ne retrouve pas les papiers, elle rate les repas de famille, et elle blesse les gens. Mon père l'enfonce. Je ne dirai rien pour ne pas en rajouter, surtout pas devant Clément et maman qui la défendent tout le temps, mais j'avoue que je vais lui passer un savon sur le répondeur. Comment a t-elle pu oublier alors que Clément nous en a parlé hier soir ? Cette fois-ci, elle abuse. Je suis en colère contre ma soeur quand je vois ma mère, qui ne mange même pas son gâteau tant elle est déçue. Je suis en colère contre mon frère qui la défend, et contre mon père qui l'accable.

- Je suis sûr qu'il y a une explication ! Vous savez très bien qu'avec son boulot elle peut être appelée n'importe quand pour une prise d'otage, un cambriolage, un vol, un meurtre... Elle n'a pas eu le temps de nous prévenir, c'est tout.
- Tu parles ! Elle est sûrement en train de s'amuser avec Samuel ou avec je ne sais quel ami, et elle nous a oubliés ! Ta soeur est comme ça Clément ! Ouvre les yeux.

Le ton commence à monter, j'en ai marre. Je mange vite mon gâteau, et je me lève.

-   Bon, allez moi j'y vais, j'ai une réunion à sept heures demain matin. Merci maman pour le repas, c'était délicieux comme toujours. Bonne nuit tout le monde, je repasserai bientôt !

Je pose un baiser sur la joue de mes parents et de mon frère, et je détale. La dernière part du gâteau régale mon père et attriste ma mère.

Isabelle

Lou-Anne n'est pas venue. Je ne dis rien. Je ne peux pas croire qu'elle ait oublié. Oui, ma petite fille est un peu désorganisée, toujours à la traîne, débordée, mais elle n'oublie jamais les repas de famille. Elle sait que j'y tiens, elle ne m'aurait pas fait ça. Je suis d'accord avec Clément, il lui est arrivé quelque chose au travail. Pierre m'énerve tellement lorsque je l'entends parler comme cela de notre enfant. Je suis triste que tout ne se soit pas passé comme prévu, et inquiète pour Lou-Anne. Je suis sûre qu'il se passe quelque chose. Clément a tenté de la joindre toute la soirée, sans succès. Pierre part dans la cuisine.

-   Clément, appelle ta soeur.
-   Je l'ai déjà fait dix fois maman, elle ne me répond pas.
-   Recommence, si c'est toujours le cas, va voir son ami flic. Elle m'avait parlé d'un rendez-vous avec lui juste avant notre dîner. Demande lui si elle y était, je suis inquiète.
-   D'accord maman, je le fais.

Le visage de mon fils me fait comprendre que c'est le répondeur une fois de plus qui se fait entendre, et non pas la jolie voix de sa soeur. Où es-tu mon bébé ?

Clément

J'appelle Aurel, il sait peut-être où est Lou-Anne. Il répond tout de suite.

- Salut Clément ! Que se passe t-il ?
- Tu as vu ma soeur cet après-midi ?
- On avait rendez-vous pour une affaire, mais quand je suis arrivé, elle n'était pas au commissariat. J'ai tenté de la joindre, mais elle n'était pas là. C'est Lou-Anne, on la connaît ! se met-il à rire.
- On avait un repas prévu avec ma famille ce soir, elle n'est pas venue, ce n'est pas son style. Ce matin, elle n'était pas chez elle, tout le monde cherche à la joindre, personne n'a de nouvelles.

Aurel tente de me calmer, mon coeur commence à s'emballer. Il me dit que c'est Lou-Anne, qu'elle est comme ça, mais je sens dans sa voix qu'il est inquiet, lui aussi. Il est resté muet, puis il a tenté de me rassurer, mais je sais que c'est louche, je le sens, et lui aussi. Le visage de ma mère s'assombrit, elle a peur. Aurel m'affirme qu'il va essayer de se renseigner, et qu'il me rappelle. Je tente d'expliquer à ma mère, je la rassure, je lui rappelle le sale caractère de Lou-Anne. Mais elle non plus, ne me croit pas. Mentir pour rassurer, ça ne marche pas quand c'est avec sa mère. J'enfile mon manteau, je vais rentrer. Une bise à ma mère, une bise à mon père déjà couché, et je file chercher mon fils chez sa mère.

Samuel

Je suis dans mon lit, mais je ne dors pas. Que fais-tu mon coquelicot ? Je t'ai attendu et espéré toute la journée. Je sais que tu es quelqu'un de très occupé mais tu ne m'as jamais fait ça. Tu dois être en danger. J'ai peur, j'ai froid. Notre appartement est bien vide sans toi. J'ai passé la soirée à m'imaginer le pire, à appeler toute ta famille, tes amis, tes collègues mais personne n'a de tes nouvelles, ma chérie. Si tu me quittais, j'en serais détruit, si tu mourais, j'en crèverais. Depuis que je te connais, la vie prend tout son sens. Tu m'as remis sur pied avec ton beau sourire, et depuis toi, j'apprécie les petites choses de la vie. Me réveiller avec toi, dîner avec toi, flirter avec toi, danser, rire, te regarder. J'aime tout faire avec toi. J'ai eu une enfance difficile. J'ai été recueilli par une femme qui m'a trouvé devant sa porte un beau matin, sans rien avec. Elle était seule la plupart du temps, car ses enfants étaient grands et son mari, un militaire souvent absent. Elle m'a élevé, s'est occupée de moi comme de son propre enfant, jusqu'à ce que son mari rentre définitivement de ses missions. Elle me donnait tout. De l'amour, des jouets, des gâteaux, un toit, des fringues, du temps, et ça ne lui plaisait pas du tout. J'avais alors quinze ans, et il a détruit notre famille, celle que je formais avec ma mère adoptive. Ses enfants n'étaient pas désagréables avec moi, mais on n'était pas vraiment proches non plus. Je n'avais que ma mère. Je ne manquais de rien car elle continuait de tout faire pour moi, et épongeait toutes mes erreurs face à son mari. Elle souffrait du fait qu'il me déteste, du fait que je sois devenu difficile à gérer, et j'ai décidé de fuir le jour de mon anniversaire. Dix-huit ans, première et longue fugue. Je suis parti squatter chez un pote les premières semaines, puis j'ai dit que je rentrais chez moi. Je me suis en fait trouvé un nouveau chez moi. C'était immense, spacieux, mais sale, et bruyant. J'ai passé deux ans dans la rue, jusqu'à ce que ma bonne étoile me guide vers toi. Tu m'as sauvé du pire. Je sombrais dans toutes les saloperies que ce monde a à nous offrir. C'était une manière de contrer le manque d'amour, le manque de confort, le manque de repères. Tu es arrivée mon amour, et tu m'as aidé. Tu as commencé par un centime, puis par des croissants, des chocolats, une couverture, des cartons, un manteau, un emploi dans la crêperie de ton amie, et enfin ton amour et ton toit. Je n'aurais jamais osé en rêver. Je ne sais toujours pas pourquoi tu t'es arrêtée sur mon chemin, pourquoi tu as voulu m'aider, mais je t'en remercierai toute ma vie. C'est pour cela Lou-Anne, pour tout l'amour que j'ai pour toi et ce que notre histoire a de plus unique, qu'il ne faut pas que tu me lâches. Ne me laisse pas seul dans le noir de ton appartement qui est devenu le mien il y a cinq ans. Ne laisse pas la vie nous reprendre le bonheur, garde-le encore un peu pour nous.

Lou-Anne

Mon Samuel me manque. Il doit être mort de trouille. Je sais qu'il va s'inquiéter, il me connaît par coeur.

- Laissez-moi prévenir Samuel que tout va bien, je vous en supplie, il doit avoir peur tout seul.

Il éclate de rire. On est enfermés dans une chambre, minuscule, et il monte la garde comme un chien devant sa gamelle. Dès que je bouge un peu, il ouvre les yeux. Il est fou, et je ne peux rien faire.

- Mon fils, mon petit Paul n'est pas une tapette ! Quelle idiote tu fais, toi ! Il doit déjà être en train de s'éclater avec ses escortes habituelles. Il n'en a jamais rien eu à foutre de toi ma grande, t'es de passage. Il veut son père. Je le laisse s'amuser pour le moment, il a mieux à faire que de rencontrer son vieux père, mais demain, tu m'y emmèneras, sans discuter. J'espère que t'as pigé.

Il frappe dans le mur, il rit et claque la porte derrière lui. Jamais tu n'irais voir d'escortes mon Sam, t'es un mec droit, rangé, amoureux. J'ai une entière confiance en toi, c'est ce qui fait la force de notre union depuis le premier jour, depuis le premier centime que je t'ai confié. Je suis terrifiée. La mère de mon mari ne bouge pas, elle n'a pas levé les yeux une seule fois. Elle a l'habitude. Depuis combien de temps est-ce qu'il la retient et lui fait vivre l'enfer pour qu'elle ne réagisse même plus ? J'ai peur qu'il me frappe, qu'il me tue, j'ai peur qu'il fasse du mal à Samuel. Je suis venue ici pour apaiser le coeur de ma moitié, pas pour lui faire connaître l'horreur. Finalement, tu ne lui ressembles pas du tout Sam, tu n'as pas une goutte de son sang dans tes veines, je te le jure. Madeleine ouvre les yeux une fois que l'homme a disparu. C'est la deuxième fois que je les vois. Ils sont verts, ils sont petits et j'ai l'impression de te voir, mon amour. Je pleure, je suis inconsolable, j'ai besoin d'être dans tes bras. Je ne suis pas faite pour être seule, ni pour être terrifiée par un malade. J'en ai vu beaucoup, j'en ai neutralisé et enfermé tellement, mais aujourd'hui je suis à la place de la victime, pas de la sauveuse. Mes collègues vont me retrouver, j'y crois. Ma brigade ne me laissera pas tomber, surtout Aurel. Il est arrivé il y a trois ans, j'ai cru voir Clément. Il était un peu perdu dans le commissariat, il était petit et presque invisible. Dès qu'il m'a traitée d'alcoolique sous prétexte que mon nom de famille est en rapport au vin, j'ai reconnu de la maladresse là où les autres voyaient de la bêtise. Je l'ai pris sous mon aile, comme j'aurais aidé mon grand frère, et personne n'a compris. Evidemment, je suis pleine de surprises et de contradictions, mon père le dit à toute la ville. Je compte rentrer demain matin, essaye de dormir un peu chéri, je serai de retour pour dîner.

Madeleine

Je la regarde mieux. Elle est magnifique. Mon fils a bon goût. Je suis sûre que lui aussi est très beau.

- Comment est Samuel ? je lui demande.

Elle sourit. Elle doit t'imaginer. Elle a la chance de pouvoir le faire. Moi j'ai essayé de te mettre tous les visages possibles. Je t'ai rêvé grand, petit, avec les cheveux blonds comme ton père, châtains comme les miens, roses pour les paris avec les copains, bien coiffés pour ton mariage, en pétard au réveil. Ta fiancée sait exactement la couleur et la forme de tes cheveux, ta mère, non.

- Exceptionnel. Il a les yeux verts, comme vous. Il a le visage fin, des doigts de pianiste, des abdos en béton, des cheveux châtains qui tombent sur ses oreilles et laissent passer l'air dans son cou. Il est plus grand que moi, il a des bras sculptés, et un sourire digne d'une pub pour un dentifrice.

Je t'imagine un peu mieux. Tu n'auras plus les yeux bleus et les cheveux blonds de ton père. Ni ses poings fermés, ni son visage serré. Tu es comme moi, mon fils. Tu as le visage doux, gentil, mes cheveux, mes yeux. Je suis tellement soulagée de te savoir du bon côté, mon garçon. Mais j'espère que tu as plus de courage, plus de caractère et plus de force que moi. Je sens des larmes dévaler mes joues, en même temps que celles de ta fiancée. On pleure ensemble, pour toi.

- A t-il bien été élevé ? A t-il eu une enfance heureuse ? je continue, entre les sursauts de larmes, mourant d'envie de mettre des certitudes sur l'homme qu'est devenu mon enfant.
- Je suis venue ici pour vous parler de Samuel. Je voulais vous dire à quel point votre fils est un homme

bien, et vous donner notre adresse pour que vous puissiez venir nous rendre visite dès que vous le souhaiteriez. Samuel n'est au courant de rien. J'ai quitté l'appartement alors qu'il dormait encore, et vous connaissez la suite. Il doit être mort de trouille, il me connaît par coeur. J'avais des rendez-vous, un repas avec ma famille. Ma mère doit être terriblement déçue que je ne sois pas venue... Bref, je voudrais laisser le droit à Samuel de vous raconter son histoire, ce n'est pas à moi de le faire.

Je suis déçue, mais je comprends. De toute façon, je préfère que ce soit toi qui me racontes ton parcours. J'espère juste que ta vie a été à la hauteur de ce que tu mérites. Je ne te connais pas, c'est vrai, mais je suis sûre que tu es un homme bien, pas comme Franck.

Pierre

Je ne parviens pas à fermer l'oeil. Je suis inquiet pour ma fille même si je ne le montre pas. Isabelle se fait beaucoup de soucis, je la sens qui bouge sans arrêt dans mon dos. Je ne voudrais pas lui rajouter de la peine, je dois me montrer fort. Si elle voit que je ne m'inquiète pas, elle s'inquiètera moins. Je me retourne et la serre contre moi. Elle est frigorifiée. Je connais ce corps et cette sensibilité depuis des années. Je l'ai aimée, je l'aime toujours. Elle était jeune, nouvelle dans la résidence, et faisait tomber les hommes comme des mouches. Isabelle était l'objet de tous les regards, tandis que je détestais son côté arrogant, ses tâches de rousseur qui lui donnaient un air studieux, ses cheveux lisses, parfaitement coupés, qui accentuaient ses manières de bourge. C'était madame parfaite, et j'avais horreur de cela. Nos mères se sont vite détestées. La mienne ne parlait plus que d'Isabelle qui réussissait dans tout, et la sienne plus que de moi qui échouait dans tout. Isabelle me voyait comme un moins que rien, et moi je la voyais comme une sainte nitouche qui s'est paumée dans cette résidence. J'ai tenté de la faire virer, elle et sa famille, en l'accusant de tous les problèmes que je causais volontairement au sein de la résidence. Mais un soir, alors que je rentrais de la ville, je l'ai croisée, au coin de la rue. Elle était vêtue d'un short court, d'un haut large et de chaussures abîmées. Son chignon ne tenait presque pas, son visage était pur, sans maquillage, sans masque. Je l'ai découverte. Elle était une personne nouvelle, une fille sublime, naturelle, elle était elle. Je me suis avancé, et je lui ai classement demandé :

- T'as sorti le balai de ton derrière ?

Elle m'a giflé, et a éclaté de rire. Elle m'a séduite en une seconde. Je me suis toujours demandé si sa gifle n'avait pas été accompagnée d'un sort, qui m'a envoûté. Elle a ressenti la même chose. On a passé la soirée dans un bar, à se raconter nos vies. Il faut se méfier des apparences. Sa mère était une femme dure, psychorigide et froide depuis que la guerre avait emporté son mari. Elle n'avait pas beaucoup d'argent, mais voulait qu'on croie le contraire. Entre ses faux habits de luxe et ses manières à la con, elle était en fait une pauvre femme ravagée par la mort de son mari. Elle s'est rabattue sur l'éducation trop stricte de sa fille. Mais Isabelle sortait en cachette, se laissait vivre comme elle était vraiment dès que sa mère avait le dos tourné. Elle traînait en short dans les rues la nuit, et c'est ce qui m'a séduit. Cette façon qu'elle a de s'adapter, et jouer des rôles pour ne blesser personne, c'est tout elle. La soirée s'était prolongée dans le studio d'un ami qui passait la nuit ailleurs. Depuis, on ne s'est jamais lâchés, même si on a dû se voir en cachette jusqu'à la mort de ma mère. Ensuite, la sienne a accepté notre amour qui durait depuis déjà six ans. Tout nous séparait, mais le destin nous a forcés, attirés comme des aimants. Exactement comme Lou-Anne et Samuel. C'est la seule fois où ma femme et ma fille aînée se ressemblent, comme la seule fois où je ressemble à son fiancé. Elles en héroïnes, nous en bons à rien.

Franck

Il est tôt. C'est le jour J : je vais voir mon fils. Je descends à la cave aménagée en chambre pour les deux victimes, qui vont m'aider à atteindre mon but. Je rentre, elles sursautent. Madeleine ne me regarde toujours pas. Elle ne me regarde plus, et tant mieux. La blonde se redresse et ne perd pas son sang-froid. Je sais qu'elle a peur, et elle a raison. Je ne le veux pas toujours, mais je peux parfois devenir ingérable. Si elle accepte de m'emmener jusqu'à mon petit Paul maintenant, tout se passera bien pour elle. Elle retente le dialogue, elle croit que je suis un abruti, ça m'énerve. Je hurle pour la faire taire. Elle tremble, j'en suis content, elle va enfin la fermer et m'écouter.

-   Lève-toi, emmène-moi maintenant voir Paul.
-   Il s'appelle Samuel. me répond-elle

Je m'agace, elle me fait perdre patience. Elle est coriace, je comprends que je suis encore tombé sur une pierre tombale, elle ne dira rien. Je vais devoir passer à la vitesse supérieure, je ne ferai pas deux fois la même erreur. Elle ne quittera pas cette maison. Puisqu'elle ne veut pas collaborer pour le moment, je vais la laisser là, des jours, seule avec cette vieille folle plus capable de rien, et on verra si par la suite, la petite blonde ne va pas me donner le nom de la rue où se trouve mon fils. Elle n'aurait jamais dû me mettre en colère.

8 mai 2018

Clément

Il est huit heures, je n'ai pas dormi de la nuit. Je me lève, m'habille en noir, et marche dans les rues de Gastes, les yeux rivés vers le sol. C'est un jour triste, c'est un jour sombre. Ma petite soeur me manque, je me sens terriblement seul. Je me rends devant le commissariat, exactement comme le 8 du mois dernier. Des fleurs y sont déposées, des bougies sont allumées, des photos de ton visage décorent la grille de l'entrée. Ta brigade a fait ça pour toi, il y a deux mois, lorsque tu as disparu. C'est Aurel qui a lancé l'idée, et les autres ont suivi, moi aussi. Quand je regarde les photos, je te vois toujours souriante. Tu étais peut-être bordélique, mais tu étais tellement généreuse, Lou-Anne, tellement gentille et serviable, avec tout le monde. Ta naïveté t'a souvent joué des tours, mais tu n'as jamais changé pour autant. Je regarde tes yeux et j'ai l'impression que tu es là. Je ne suis plus que l'ombre de moi même depuis deux mois. J'espère toujours te voir revenir, je rêve que tu me serres dans tes bras. Je veux montrer à ceux qui te pensent morte, qu'ils ont tort. Samuel replonge, tu ne peux pas le laisser tomber. Maman vit en partie pour toi, papa se renferme, Sonia s'en veut d'avoir douté de toi le soir du repas, et moi j'ai un fils qui me parle de tata "Lounane" tous les jours. Côme te cherche, tout le monde te cherche. Il est perdu sans vos après-midis jeux vidéo, moi sans nos soirées au coin du feu ou autour d'un verre. Je suis le plus vieux, je devrais partir avant toi. Je ne comprends pas pourquoi tu n'as laissé aucune trace soeurette, où est-ce que tu es passée ? Je prie de tout mon être devant les bougies et les fleurs, presque tous les jours. Ceux qui les déposent compatissent pour nous. Moi je veux leur montrer qu'ils ont tort de penser que tu ne reviendras jamais. Je ne peux pas y croire, je ne le veux pas non plus. Gastes est une petite commune de sept-cent trente six habitants, tout se sait. Deux jours après ta disparition, certains venaient déjà frapper à la porte avec leurs condoléances. J'entends, mais je n'accepte pas. Je n'ai pas besoin, ni de leur condoléances, ni de leur peine. Ma soeur est vivante. Tu vas revenir vite et tous les moucher, comme toujours.

Aurel

J'arrive au boulot. Mon uniforme est mal repassé, je n'ai pas bien dormi. Je ne veux pas passer les portes de ce commissariat un jour de plus sans toi. On est le 8, on est le jour de ta disparition. Il y a déjà deux mois. J'espère encore te retrouver. J'ai tout de suite pensé à fouiller ton ordinateur, mais il ne fonctionne plus. L'orage violent, le lendemain de ta disparition, a grillé plusieurs ordinateurs, imprimantes... J'ai besoin qu'il s'allume, j'ai besoin de fouiller ce que tu as fait les heures d'avant, les jours d'avant. Tout est contre moi ! Pourquoi tu ne m'aides pas ? Tu m'as dis que tu serais toujours là si j'avais besoin d'un coup de main. C'est toi le cerveau, c'est toi la plus forte de nous deux. J'apprends de tout ce que tu sais, je n'ai pas fini ma formation, je n'accepte pas que tu me plantes comme ça. Je vois Clément devant l'entrée, face à l'image de ton visage. Il est en noir. Il est triste, même de dos. Je le rejoins. On se regarde avec compassion, avec la même larme au fond de l'oeil et le même espoir au fond du coeur. J'y crois, j'ai confiance en toi. Il ferme les yeux en même temps que moi, on te prie. Je le salue de la main droite, dans le silence, et je rentre reprendre mon job. La vie de beaucoup de personnes tourne beaucoup moins bien depuis que tu as disparu, mais la terre continue d'avancer, elle. Les violeurs, les cambrioleurs, les criminels et les tueurs en série continuent de vivre, et je dois les arrêter. C'est peut-être un de ceux-là qui te fait du mal. Je travaille pour sauver toutes les victimes, en espérant un jour te sauver toi.

Isabelle

Cette date me fait froid dans le dos. Je me rends compte que le temps passe, les chances se réduisent. Mais envisager autre chose que ta réapparition prochaine m'est impossible. Je sais que tu vas réussir à rentrer saine et sauve à la maison. Je n'écoute pas les flics, ni ton père, ni ta soeur, ni tous les médias, ni les gens de Gastes qui sont sûrs que tu n'es plus de ce monde. Je t'ai mise au monde, j'ai donné tout ce que j'avais pour construire la magnifique jeune femme que tu es devenue, tu vas t'en sortir. J'avoue que je pense au temps qui passe et que je perds sans toi, on va devoir le rattraper. J'espère que tu n'as rien de cassé, ma petite fille. Un jour, tu as loupé ton bus pour rentrer après le collège. Quand il s'est arrêté devant la maison, et que tu n'en es pas sortie, ton père a remué toute la ville. Tu n'avais évidemment pas de téléphone. Tu as réussi à retrouver la maison en auto-stop, depuis la grande ville. Je ne m'étais pas beaucoup inquiétée, tu es une fille forte et intelligente Lou-Anne. J'en suis très fière. Aujourd'hui, ton père perd espoir un peu plus chaque jour, il me demande de me faire au fait que tu es peut-être disparue pour toujours, je refuse. Je parle de toi au présent, je continuerai de te conter notre vie quotidienne ici, même si elle est toujours cabossée par ton absence. C'est un jour qui me transperce le coeur, mais qui ne me tue pas. J'irai déposer une bougie devant ton travail cet après-midi, peut-être que ça t'aidera à retrouver le chemin de la maison, si tu rentres en auto-stop, de je ne sais où.

Pierre

Isabelle et Clément ne pourront plus nier. Deux mois que plus personne n'a de nouvelles de toi. Tu étais folle de ton fiancé, tu ne l'aurais jamais laissé tout seul si tu n'étais pas en danger. Je sombre depuis ton départ, je ne vois plus très clair. Ma petite fille, si tu savais comme je regrette de ne pas t'avoir attendu toute la soirée et de ne pas t'avoir fait confiance quand j'ai vu que tu n'arrivais pas. J'aurais dû me douter que tu étais en danger. Tu étais probablement prise au piège, terrifiée, souffrante, et je mangeais ta part de gâteau en hurlant que tu ne sois pas au rendez-vous. Je suis tellement désolé, je m'en veux. Aujourd'hui je donnerais tout pour te confier cette dernière part, que tu reviennes la manger parmi nous. Mais les mois passent et tu ne pointes pas le bout de ton nez. J'écoute tes collègues. Ils osent à peine nous le dire, mais il n'y a plus beaucoup d'espoir. Les alertes disparition n'ont rien donné, les quelques premières recherches non plus, tu as quitté le circuit sans laisser de traces. J'ai du mal à me faire à l'idée que je ne reverrai certainement plus jamais ma fille. C'est elle qui devait faire perpétuer mon honneur une fois que je serais parti, et voilà que c'est à moi, son vieux père, de le faire pour elle. Dans l'ordre logique des choses, tu n'aurais jamais dû partir avant moi. Encore une fois, tu ne fais pas comme les autres. Maintenant, je me retrouve seul, avec une épouse et un fils qui parlent toujours de toi comme si tu étais partie en vacances aux Bahamas et que tu revenais demain. Sonia ne parle plus beaucoup, elle s'en veut. Elle a perdu le goût de la vie, elle est pâle. J'irai déposer des fleurs devant le commissariat dans la journée, avec ta mère, j'espère. Je prie pour toi, pour que tu sois en paix avec toi-même et le reste de la famille parti là-haut.

Samuel

Je me pique les veines du bras droit. Ça me fait mal, mais j'en ai besoin. Je dévisse le bouchon d'un bon vieux Ricard, et je siffle la bouteille comme si c'était de l'eau. L'alcool et la drogue viennent boucher les trous de mon coeur pendant un certain temps. Je plane, je pense que tu es près de moi. Tu es à nouveau dans ta robe rouge, comme au premier jour, dans la rue. Tu es magnifique Lou-Anne, tu rayonnes. Je sens mon coeur battre un peu plus vite, j'ai peur qu'il ne sorte de sa cage, exactement comme la première fois. Je me souviens de tout, de toi, de nos premiers échanges. J'avais une barbe des vieux jours, un bonnet troué qu'un vieux avait dû jeter la veille, et un K-Way qui s'arrêtait au niveau de mon nombril. J'avais froid, mes yeux étaient lourds. Je n'avais pas bu de la matinée, parce que j'étais à sec. Je pensais que si la journée était bonne, j'aurais assez pour aller me chercher une bouteille pour la nuit. La journée fut plus que bonne, puisque tu t'es penchée pour me poser un centime, celui qui m'a permis d'aller m'acheter cette bouteille, le soir venu. Tu es revenue les autres jours, avec plus de cadeaux. C'était Noël. Je t'attendais avec impatience à chaque fois. Tu étais magnifique, mais je n'espérais même pas un jour me retrouver debout face à toi. Tu m'as tendu la main, et je me suis retrouvé en plein mois de décembre, assis sur le tabouret d'un bar face à tes boucles blondes qui tombaient sur tes épaules. J'avais un vieux polo troué, des chaussures qui avaient pris la flotte et je ne me sentais vraiment pas à la hauteur. Tu avais l'air heureuse, j'étais rassuré. Tu ne pourras jamais vraiment savoir ce que j'ai ressenti pour toi, ce soir-là. C'était trop fort pour que je mette des mots dessus. D'un côté tu étais radieuse, d'un autre tellement généreuse avec moi, le clochard de ta rue. Je ne saurais jamais pourquoi tu m'as choisi, moi. Je t'ai déjà posé la question, tu m'as dit que je t'avais inspiré. Tu es comme ça toi, ma chérie, tu marches au ressenti. J'ai toujours peur qu'un autre t'inspire un jour plus que moi. Aujourd'hui, j'espère que ce n'est pas pour cela que tu ne dors plus à mes côtés depuis deux mois. Je replonge sans toi, tu étais mes médicaments depuis sept ans. Je plane, je pleure, j'ai mal, on toque à la porte.

Clara

C'est un jour spécial pour toute la commune de Gastes. Le monde viendra se réunir devant ton travail pour te rendre hommage. J'y suis restée quelques heures ce matin, pour

33

parler avec les autres. Moi, ça m'aide. J'ai croisé Aurel, il était froid, dans son pull en laine, et plein de haine. Ton frère était en noir, plein d'espoir. Tes voisins, tes anciens copains, ta maîtresse de primaire, le chauffeur du bus, ils sont tous venus.

- Bon courage, gardez espoir ma petite Clara.
- C'est un jour malheureux... Qu'elle repose en paix.
- Soyez forte, rendez-lui hommage en étant heureuse.

Je serrais la main de chacun, mais je ne répondais à aucun. Je n'ai pas d'avis, je suis vide. Parfois, j'attends que tu rentres, je sens que tu es en chemin. D'autres fois, je réfléchis à ce que ma vie va devenir sans toi. Je me vois maman, sans toi. Je me vois mariée, sans toi comme témoin. Samuel n'est pas venu ce matin, je vais lui rendre visite. Je n'entends personne derrière la porte. Je retente ma chance, peut-être dort-il encore. Enfin, je perçois ses sanglots. J'aurais dû m'en douter.

- Sam, ouvre, c'est Clara.

Il se lève lourdement et lève le clapet qui retient la porte. Je le sens ailleurs, je le sens malade, il plane. Je ferme les yeux, tu n'aurais jamais voulu que ton homme replonge. Je m'approche de lui, il y a des seringues vides, des cadavres de bouteilles dans tous les coins. Seigneur Dieu, il te dégoûterait. Je le soulève, et le flanque sur le canapé. Si je lui hurle dessus, il n'y comprendra rien. Il est bien trop loin de la terre ferme à ce moment-là. Je suis agacée qu'il n'ait pas su penser à toi plus que cela. Sa chance, c'était toi. Tu as été une opportunité en or pour lui, tu lui as radicalement changé la vie. S'il redevient toxico, le déchet qu'il était avant, c'est comme s'il te lâchait. Et si je le laisse faire, c'est comme si je te lâchais. Je reste là des heures, en attendant qu'il redescende petit à petit. Il a dormi, il a vomi, il a pleuré. Je lui fais à manger, et le soir venu, il y voit enfin clair. Ses yeux sont rouges et cernés. Il mange un peu, honteux.

- Tu la déshonores.

-   ...
-   Elle t'a fait confiance, elle t'a sorti de la merde, tu veux la décevoir ? Tu veux lui renvoyer toute sa confiance, sa générosité, vos sept ans de vie commune dans la gueule ?
-   Mais non... Je...
-   Très bien Samuel, continue ! Elle doit avoir honte de voir que toutes ces merdes valent plus qu'elle-même, plus que l'amour qu'il y a entre vous, plus que la confiance qu'elle t'a offerte, plus que...
-   C'est faux ! me coupe t-il en hurlant. Arrête de dire ça, ferme-la ! Tu n'as pas le droit de me parler comme ça, je suis triste ! Tu comprends que j'ai perdu la femme de ma vie, je suis vide, ma vie n'a plus aucun sens !

Il s'écroule sur sa chaise, il pleure à chaudes larmes. J'ai de la peine, mais je veux le faire réagir. Je connais leur histoire, Samuel est un chic type et je ne veux pas qu'il retourne dans ses sales draps.

-   Ecoute... Je sais qu'elle te manque, je sais que tu te sens vide toute la journée, c'est mon cas aussi. Elle est mon amie, et ta fiancée. Elle a cru en toi ce jour-là, tu te souviens ? Personne n'aurait fait ce qu'elle a fait, mais elle, oui. Elle disait que tu l'inspirais. Fais-lui confiance, montre lui qu'elle a eu raison de croire en toi. Bouge-toi, remets-toi sur pied. Lou-Anne, elle va rentrer. Tu crois qu'elle dirait quoi si elle était rentrée à ma place ?

Il ferme les yeux, il sait que j'ai raison.

-   Elle se serait dit qu'elle a cru en toi pour rien, que tu es un raté et qu'elle ne peut pas le changer. Elle aurait eu envie de repartir aussitôt. Elle aurait été terriblement triste de voir que tu n'es pas assez fort, que tu renoues avec tes démons.

-   C'est bon, arrête ! Je sais. Je sais Clara, tu as raison mais j'ai tellement mal. Je suis tout seul.

Je vais me charger de lui, m'en occuper le temps que tu reviennes. Je ne te décevrai pas, moi. Il ne replongera pas.

Sonia

Beaucoup de gens sont là aujourd'hui. Les fleurs dépassent sur la route, les bougies illuminent ton visage sur les photos. Monsieur Gonin est venu dans sa Porsche, il me caresse l'épaule avec la paume de sa main. Tous les Gastais sont gentils, compatissants, mais rien ne te ramène. J'ai perdu toute notion du bonheur, je ne vis que par obligation. Personne ne va bien, mais certains arrivent à se soutenir, se parler, moi je n'arrive plus à rien. Je ne veux pas parler de toi, je ne veux pas que tu disparaisses à jamais. Je sais qu'il n'y a plus d'espoir, mais je ne l'accepte pas. Je m'en veux de t'avoir passé un savon sur le répondeur de ton téléphone, le soir de ta disparition. Si tu l'as entendu, ce sont mes derniers mots, et ça me rend malade. Je t'imagine, prise au piège, ligotée, torturée, dans le fossé, défigurée, souffrante, tellement seule, et tu m'entends te dire d'aller te faire voir. Tu es ma soeur, je t'aimerai toujours et je promets de ne jamais t'oublier. Mes enfants sauront qu'ils ont eu une tata Lou-Anne, mon mari saura que j'ai eu une soeur. Gastes marche en ton nom ce matin, et tourne autour de notre famille depuis deux mois. J'étouffe ici, je voudrais te rejoindre. Tu as toujours été la plus forte de nous deux, la plus courageuse. Dès que tu tombes de cheval, tu te relèves sans discuter. Moi, j'attends que l'on vienne m'aider, sinon je reste assise au sol, avec ma douleur. Le cheval m'a éjectée il y a deux mois, depuis il me piétine et je me laisse faire. Je n'ai pas ta force Lou-Anne, je n'ai pas ton caractère, ni ton âge. J'ai eu mon bac il y a quatre ans, aujourd'hui on me demande d'assumer la mort de ma grande soeur. C'est au-dessus de mes forces, je ne pourrai l'accepter un jour, je ne pourrai vivre avec ce fardeau. Est-ce que je vais laisser le cheval continuer à m'écraser, me zigouiller, me réduire en miettes, jusqu'à ce qu'il ne reste aucun de mes membres en état de marche ? Tu me forcerais à me relever, mais tu n'es pas là pour le faire. Tu me manques, j'ai envie de te revoir, de te prendre dans mes bras, laisse-moi au moins faire ça.

Madeleine

Qui aurait pu croire que les aiguilles qui tournent deviendraient une torture ? Je me sens mal, presque morte, mais mon corps tente de tenir bon. Je voudrais qu'il lâche, qu'il me laisse reposer en paix. J'ai souvent pensé à ce que je ferais là-haut quand mon corps aura dit stop. Je partirais loin, dans le ciel qui abrite la baie de Kotor. Il y a vingt-trois ans, Franck était ivre, il ne marchait même plus droit. Il s'est écroulé de fatigue, il avait oublié de fermer la porte. Je me suis échappée. J'ai fui à l'aéroport de Bordeaux, le plus proche, et je suis partie en direction de Paris. J'étais terrifiée à l'idée qu'il me retrouve, il me tuerait. J'ai pris l'avion qui partait le plus tôt d'Orly, et je me suis retrouvée au Monténégro. Je ne savais pas ce que j'y ferais mais je me sentais plus en sécurité. Personne ne m'avait déjà parlé de ce pays, je n'aurais jamais pensé y aller un jour. J'ai pris un taxi, et je me suis arrêtée à la tombée de la nuit dans un hôtel de la ville de Perast. J'ai pu souffler un peu, et enfin me rendre compte de la vue magnifique que m'offrait la baie. La mer Adriatique était calme, elle était chaude et bleue et m'inspirait confiance. J'y suis allée le lendemain matin. La hasard m'a menée à Perast, la chance m'a offert une maison à Kotor, et le Monténégro m'a offert la vie durant vingt ans. Je me suis vite attachée au pays, aux habitants de la petite ville, à leur culture et leurs idées. Loin de Franck, loin des coups, je vivais. La petite fille joyeuse et courageuse que j'étais s'était endormie sous les coups de mon mari. Elle naissait une deuxième fois. Je communiquais en anglais, jusqu'à ce que je commence à parler un peu monténégrin. C'est une langue difficile qui ressemble au russe, mais quand c'était Dejan qui me l'apprenait, c'était plus facile.

Franck

J'ai mal au dos, le canapé est cassé. Je commence à en avoir marre de ces deux boulets, je voudrais vivre ma vie loin de cette maison. Le temps passe et je n'ai pas eu ce que je voulais. Je n'aurais pas dû m'énerver autant contre la gamine l'autre soir, elle aurait pu m'être utile. J'espère qu'elle se réveillera, sinon je suis fichu. Elle est encore allongée par terre, j'irai la foutre au rez-de-chaussée dans l'après-midi, elle m'encombre. J'ai appris par internet que c'est une fliquette, je trouve ça bandant. J'ai en otage celle qui arrête les méchants comme moi, normalement. Que ça doit être frustrant de se sentir impuissant quand on pense être le héros de la ville. Les alertes disparition ont cessé de tourner en boucle à la télé depuis trois semaines. Ils ont dû commencer à dire à la famille que c'était foutu, qu'elle n'était plus de ce monde. Ses parents vont connaître ma douleur. Perdre son enfant fait mal, te tue. La gamine fait du mal à tout le monde en ne voulant pas parler.

Quelle imbécile, tout pourrait bien se passer ! Il faut toujours qu'elle gâche tout. Deux mois que je la tiens prisonnière ici. Elle ne lâche pas le morceau, je suis tombé sur un os dur. Celle-ci ne fuira pas, elle ne m'échappera pas. La vieille Madeleine ne passera pas la semaine, elle moisit en bas, elle respire douloureusement. Ce n'est pas mon problème, je ne suis plus gentil avec elle depuis qu'elle a tenté de me tromper. J'ai besoin d'accéder à la cuisine, le corps de Lou-Anne me gêne. Allez, je la descends en bas. Elle est légère. Le lit est maintenant recouvert de deux femmes qui ferment les yeux, sur le point de faire leurs adieux. C'est une sale journée. Si je perds la blonde, je perds toutes les chances de connaître mon fils. Les recherches internet sur un certain "Samuel" ne mènent à rien. Je ne suis pas le plus doué en informatique, et je sais trop peu de choses sur lui pour y arriver. Quel nom à la con ! Qui est l'abruti qui a adopté mon fils, et lui a donné un prénom pareil ? Je suis sûr qu'il préfèrera Paul. En attendant, je croise les doigts pour que sa fiancée se réveille, elle m'est trop utile pour que je la perde.

Lou-Anne

J'ouvre les yeux. J'ai l'impression d'être passée de l'autre côté de la barrière. Bienvenue chez les morts. Il m'a eue. Son poing est venu me fracasser le nez, la tempe, les pommettes. Son pied m'a détruit les côtes et la colonne. J'ai déjà pris une balle, mais mon gilet m'a sauvée. Cela ne faisait pas aussi mal. La douleur de la mort est inégalable. Je gémis, mais j'imagine que personne ne peut m'entendre là-haut. Je ne le pensais pas capable de me tuer, ni même de me faire du mal. Je pensais que j'étais la clé de ses problèmes, donc qu'il m'épargnerait, et j'en ai trop joué. Il est plus fou que je ne le pensais. Il est incontrôlable. Il sait que sans moi, il ne pourra jamais voir son fils, et pourtant, la colère, la violence et la haine surpassent sa raison. Il est tombé bien bas. Quelle est son histoire à ce mec ? Pourquoi est-il devenu un grand malade qui tue les femmes qui l'empêchent de voir son fils ? Je sens une main sur mon épaule. Je ne sais plus vraiment si je dois y croire ou si c'est une illusion.

Richard Gonin

Je suis de la partie. On marche, on descend et remonte les petites rues étroites de Gastes. Nous sommes tous là. On ferme les yeux, on a le visage serré. Je me mets à la place des parents. Isabelle et Pierre habitent la ville depuis longtemps. Elle était enceinte de la petite Lou-Anne lorsqu'ils ont emménagé, je les ai aidés. Ils étaient jeunes, ils avaient des projets. Leur petit Clément est allé à l'école avec ma petite fille Caroline. Ils n'ont pas été de grands copains, mais les Gastais sont soudés. On est tous là pour sa famille et ses amis. Son fiancé n'est pas là, mais on est là pour lui. Perdre un enfant si jeune doit être un fardeau. Je crois que je me suiciderais. J'espère qu'ils sont plus forts que moi. Pierre est un homme d'honneur, il m'a rendu pas mal de services. Il s'y connaît en bagnoles, en maisons, en occasions, c'est un homme d'affaires. Il a déjà dépanné toute la ville, il a le coeur sur la main. La ville sera silencieuse toute la journée, encore plus que ces deux derniers mois. On est tristes, on est présents, mais au fond, on est soulagés que ce ne soient pas nos enfants. C'est égoïste ? C'est humain je dirais. Ce soir, je prendrai ma fille et Caroline dans mes bras avant qu'elles s'endorment.

8 septembre 2018

Samuel

Six mois, vingt-quatre semaines, cent soixante-huit jours, quatre mille trente-deux heures de temps perdu, sans toi. Je ne vis plus, je survis. Clara m'aide à tenir debout, elle me rappelle que je le fais pour toi. J'ai encore un peu espoir que tu rentres un beau matin à la maison, mais cette date, cette demi-année, me sappe le moral. Mon espoir rétrécit de moitié, comme le temps passé à tes côtés en cette année 2018. J'ai repris le travail, ils ont été indulgents avec moi et ont époné mes erreurs des deux premiers mois. J'avais des circonstances atténuantes m'ont-ils dit. Ils pensent que je vais mieux, c'est faux. Je fais tout ça pour toi mon coquelicot. Je sais que tu seras fière de moi. Ma première pensée le matin est de me foutre en l'air, de me piquer, d'aller m'acheter le rayon de Vodka. Mais chaque jour je me dis que tu rentres aujourd'hui. Et si tu me voyais en déchet humain, à baver sur la moquette de notre appartement qui ne sent presque plus ton odeur, tu serais tellement déçue que je serais véritablement mort à l'intérieur. Tu ne m'as jamais regardé avec pitié, même pas quand j'avais pour maison un bout de carton. Alors avec déception... Je me ressaisis chaque matin en pensant à ton visage, tes mains, tes seins, et chaque soir, avec la journée du lendemain, où peut-être tu rentreras. Six mois c'est long. Je t'aime comme au premier jour, je n'oublie rien de toi. On rattrapera le temps perdu. Je fonce au restaurant, je me démène. Dès que tu rentres, je te demande en mariage et je t'emmène en lune de miel. On se mariera en trois jours, à Gastes, avec toute la ville. On fera un truc grand, un truc dingue, digne de toi, digne de notre histoire et de notre amour. Je t'apprendrai les nouvelles du coin, on se moquera de la nouvelle coiffure de la voisine qui tourne au vert caca d'oie, on fera l'amour sur le sable et on se fera dévorer par les moustiques toute la nuit. Je te passerai de la crème, je te ferai quatre shampoings jusqu'à ce qu'il n'y ait plus de sable dans tes cheveux. Je te ferai connaître le vrai rêve. Avec l'argent que je gagne, on sera les plus heureux et on profitera de nos jours ensemble, sous le soleil. Aux Maldives ? En Guadeloupe ? En Australie ? Où tu voudras mon amour, je te suivrai au bout du monde.

Clément

Je reste au lit. Les Gastais entament leur sixième marche, pour le sixième mois. Je ne veux pas voir cela. Tu leur donnes raison, tu fais croire à ta mort. Ce n'est plus drôle Lou-Anne. Mon fils grandit, et tu n'étais pas là pour son anniversaire. Il te cherche encore, même si je lui ai expliqué la situation. Il a six ans, il comprend vite. Il a fait des cauchemars les premières nuits, ça va un peu mieux. Moi je fais toujours des cauchemars. La nuit tu m'apparais comme un fantôme, comme si tu étais passée de l'autre côté. La journée je refuse de le croire. La nuit, toutes les causes de ta mort sont plus violentes les unes que les autres. Elles me réveillent à chaque fois. Je n'ai pas eu de sommeil réparateur depuis six mois. Je n'ai pas eu de fou rire depuis six mois. Je ne vois plus grand monde, je décline chaque invitation. Six mois, c'est long, c'est le temps qui passe et qui me force un peu plus à croire les autres avec leurs condoléances, mais ce n'est pas grand chose non plus. Je te revois en train de sourire, collée à ton Samuel, tenant mon fils dans les bras, jouer aux jeux vidéo avec lui, boire un verre avec moi, courir au bord le l'hydrobase de Biscarrosse, comme si c'était hier. Ton anniversaire est le neuf février. Reviens à temps, ne rate pas l'heure. Je serai là avec tout le monde. On te préparera un gâteau, on achètera vingt-huit bougies, on invitera Clara, Marion et Charlotte, Aurel, Nico, Fredo et son fils, et même Coco s'il est à Gastes. Maman se démènera en cuisine, papa te mettra la pâté à la pétanque, Sonia te couvrira de cadeaux. Samuel t'achètera une bague et vous partirez le lendemain en vacances. Tu te souviendras de tes vingt-huit ans, et tu nous raconteras ce que tu as foutu tout ce temps où l'on t'a pleurée. J'espère que vous avez une bonne excuse madame Sommelier, parce que je ne vais pas rigoler.

Aurel

Bingo. Ton ordi s'allume. Le fond bleu indique "bienvenue" accompagné d'une petite musique qui me fait pleurer de joie. J'ai réussi, après tout ce temps. Le personnel voulait le jeter, on en n'avait rien à tirer. Les fusibles avaient pété, la tour centrale ne voulait pas s'allumer. J'ai dit que j'allais le jeter en juillet dernier, mais je l'ai pris chez moi. Ton frère est venu m'aider, il a la patience et l'expérience que je n'ai pas encore.

Aujourd'hui c'est le huit, jour de chance ? Quand même pas. Il est lent, il rame, mais je vais tout faire pour le ménager, seulement s'il m'aide. J'attends un instant pour ne pas le bousculer. Pourtant, j'ai envie de cliquer et de fouiller tous tes foutus dossiers, désorganisés bien sûr. Il est encore tôt, je vais y passer la journée, la nuit, même la vie s'il le faut. Je trouverai.

Pierre

Je marche aux côtés de ce bon vieux Richard. Il parcourt les rues de Gastes tous les 8 du mois avec la même compassion. Les Gastais sont généreux et solidaires, ça m'aide. Isabelle dit que cette marche ne sert qu'à nourrir leur conscience. Ils pensent qu'ils aident, elle dit que c'est faux, je dis que c'est vrai. Je marche lentement, j'ai pris dix ans dans la tronche, en six mois. Le temps ne m'importe plus, il est souffrance. Ma petite fille, c'est vrai que tu me ressemblais. Maintenant je l'admets. On est des chieurs Lou-Anne, on est des bordéliques, des sales ronchons, des "jamais d'accord", mais on est entiers. Toi et moi on est vrais. On aide tous ceux que l'on peut, on est serviables, fiers, durs de l'intérieur mais pas moins touchés par la vie que les autres. J'ai perdu ma fille. Ma réaction n'est pas la même que celle d'Isabelle, ni de Sonia, ni de ton frère. On réagit tous différemment aux événements. Je ne pleure pas devant ta mère. Je continue de vouloir la protéger, elle, toi, et les autres. C'est à moi de porter ma famille amputée à bout de bras. Tu as laissé un énorme trou de la taille de mon coeur à l'intérieur de mon corps. Je me dois de rester debout et de continuer à parler, manger, sortir et marcher, pour mes autres enfants. Si je saute d'un pont, je serai soulagé. Mais ta mère sauterait aussi, et mes enfants, également. Est-ce que la famille Sommelier mérite de finir ainsi ? Je ne ferai pas l'égoïste cette fois-ci. Je ne mangerai pas ta part du gâteau. Ta mère garde espoir, je ne sais pas où elle le trouve. Ton frère prépare déjà ton anniversaire. Les regards que j'échange avec Sonia me montrent qu'elle est aussi réaliste que moi. Tu ne reviendras pas Lou-Anne, jamais. J'ai perdu un enfant. J'essaye de me répéter cette phrase en boucle, depuis six mois, j'essaye de l'accepter. Je montre peut-être que j'y arrive, que je la connais par coeur, mais je ne suis pas sûr que ce soit totalement vrai.

Lou-Anne

J'ai l'impression d'être bloquée dans ce trou depuis des années. Et si c'était le cas ? Mes parents ont sûrement déjà fait mon deuil, mon neveu doit passer le brevet, ma soeur est devenue une grande architecte, Clément gravit les échelons de son entreprise, il est peut-être remarié. Et mon Samuel ? Est-ce qu'il a trouvé une autre femme, une autre bonne étoile ? Il s'est marié, ils ont des enfants ? Et moi je ne suis plus rien à ses yeux ? Je pleure tous les jours, j'ai mal. On est enfermées toute la journée dans cette chambre, il ne vient presque plus nous voir pour nous nourrir. Je ne vois plus l'extérieur, je vais faire une crise de panique. Quatorze saisons ont déjà dû passer. J'oublie presque ma vie d'avant, ce que c'était que la liberté. Si je sors d'ici un jour, j'aurais tout perdu. Mes collègues ont déjà dû me remplacer, et Gastes continue de tourner, sans moi. J'ai dû faire la une des journaux locaux un certain temps, mais plus personne ne parle de moi à l'extérieur. Eh oh ! Je suis en vie ! J'entends la voix de Franck dans ma tête qui me dit "pour l'instant". Les parents d'un gamin enfermé dans un puits, William Céniac, avaient perdu espoir en trois jours. Ils n'y croyaient plus. On l'a pourtant retrouvé, et en vie. Il était dans un état très critique, mais on l'a sauvé. Mes parents ont perdu espoir depuis belle lurette, je suis passée aux oubliettes. Plus personne ne se souviendra de moi. Si je meurs aujourd'hui, personne ne le saura. Au village, les gens ne doivent déjà parler plus que de la réussite de mes frères et soeurs, des nouvelles du port, de tout sauf de moi. J'imagine monsieur Gonin parler de moi avec la vieille d'en bas comme si c'était une malheureuse époque, il y a des années. Madeleine se réveille. Franck entre au même moment, je suis sûre qu'il nous surveille de sa maison. Elle n'a nullement réagi.

- Je ne suis plus d'humeur les filles. J'en ai vraiment marre.

Il se met à pleurer, il fait une crise une fois de plus. Il fond en larmes. Je pourrais donner notre adresse mon amour, tu as peut-être déjà emmenagé ailleurs avec ta pouf et ton gosse. Il n'y trouverait rien. Mais je ne peux pas prendre ce risque, te faire du mal, jamais. Je t'aime toujours.

- Donne-moi cette foutue adresse, emmène-moi ! Aujourd'hui, je ne rigole plus, on ne joue plus la blonde, t'as compris ?

Il remplit le frigo pour le mois à venir avec deux bouteilles d'eau, de la nourriture plus dégueulasse qu'à la cantine de mon lycée, du pain. Il est furax. Je suis terrifiée, je le sens capable du pire. Mais il faut que je me concentre, il ne me fera pas de mal à moi. Il a bien trop eu peur la première fois.

- On est quel jour s'il vous plaît ? je demande.

J'ai besoin de me rassurer, que ça ne fasse pas dix ans que je suis partie.

- Tu te fous de moi ? Debout, et ferme-la. La vieille aussi, debout, magnez-vous, je vais péter un boulon, je vais exploser comme une bombe qui tourne depuis dix ans, je vais faire très mal, taper très fort, vous fracasser la tronche. Debout !

Dix ans ? C'était un signe. Pas dix ans... Mon père approche des soixante-dix ans, peut-être que ma mère est décédée ? Je tombe sur le sol, déprimée. Tu es sûrement heureux et marié mon Samuel maintenant. Alors à quoi bon ? Je vais lui donner le nom de notre ancienne rue. Il n'a jamais été dans un tel état. La nuit a donc été dure pour tout le monde. Je pense que je ne peux plus compter sur mon point fort, il n'a plus les neurones branchés, il pourrait me tuer. Il disjoncte totalement. Madeleine obéit, moi je mets plus de temps à me lever. Je n'aurais jamais dû prendre le temps de réfléchir et d'analyser avant de me lever. C'était trop long, il a sorti son arme. Foutus réflexes de flic. Deux femmes, un fou, une petite chambre isolée où personne ne peut nous voir, une arme. Mon dernier jour est aujourd'hui, ma dernière heure, celle-ci, ma dernière pensée, mon fiancé au bras d'une autre. Il braque son arme sur mon thorax. Je hurle de l'intérieur, je ressens déjà l'impact. Un bruit sourd résonne. La balle qui transperce mon coeur ? J'ouvre les yeux. Ce n'est pas la balle. Deuxième bruit sourd, troisième. Madeleine est au sol. Elle se vide de son sang, qui apparaît sur les doigts de Franck. Aucun son ne sort de ma bouche, je ne peux bouger, hurler, je suis dans un état secondaire. Elle ne bouge plus, elle paraît inerte sur le sol de notre petite chambre. Quatrième bruit sourd, cette fois-ci, le son est différent. Il ouvre grand les yeux, c'est lui qui a peur. Il lâche son arme pleine de sang, court se laver les mains au lavabo pour effacer toutes les traces, et referme la porte derrière lui avec une force de haine inégalable. Je me penche au-dessus de Madeleine.

47

Franck

J'ai bien entendu. On frappe à la porte. La dernière fois, c'était la blondasse. J'ai perdu patience, j'ai frappé mon ex-femme avec l'arme. Je n'avais pas de balle à l'intérieur, je voulais juste leur faire peur. Mais elles m'ont agacé. Encore une fois, ma raison s'est fait ensevelir par ma colère, je l'ai frappée. Tellement fort. Elle ne s'en relèvera certainement pas, je suis un peu triste. Je m'approche de la porte avec méfiance. Je ne vois pas qui ça pourrait être. J'ai encore oublié de mettre une petite loupe à la porte, je ne peux pas voir qui c'est avant d'ouvrir. Quel con ! Je décide de jouer la carte du beau mec, un type sympa qui habite la campagne profonde pour entendre les oiseaux au lever du soleil. Je me concentre, je mets mon masque.

- Bonjour monsieur ! Que me vaut cette visite ?
- Police de Gastes, on vient faire un petit contrôle. Laissez-nous entrer, tout ira bien.

Merde alors. Comment ont-ils pu me trouver ? C'est peut-être une enquête de voisinage, un truc comme ça. Le type est musclé, mais petit. Je peux le chopper si je veux, j'ai déjà un flic, deux c'est bien aussi. Je réfléchis à la façon dont je vais le neutraliser, jusqu'à ce que je vois un nombre incalculable de personnes en uniforme pénétrer dans ma maison. Je suis presque piétiné. Deux d'entre eux me gardent collé à la porte. Ils fouillent. Je suis foutu. Surtout que je pense au corps de la vieille qui baigne dans son sang en bas. Je serai accusé de tous les crimes.

Aurel

Pourquoi tu as cherché cette adresse la veille de ta disparition lieutenant ? J'ai fouillé ton historique. Même si tu l'avais effacé, je l'ai retrouvé. Tu ne voulais pas qu'on sache que tu viendrais ici. Pourquoi ? Ce mec a l'air propre sur lui, plutôt sympa. Je ne comprends pas. Sa maison est très isolée de la population, c'est le seul élément suspect que j'y trouve. Il avait l'air dépassé. J'espère ne pas me planter. On fouille, de fond en comble, on retourne toute la maison. Pas une trace de ton passage ici. Je n'ai pas l'accord pour fouiller plus profondément la maison de cet homme. Ils sont débordés à l'administration, le juge ne l'a pas encore fourni. Mais je n'avais pas le temps. Qu'est-ce que tu serais venue faire ici ? Tes parents m'ont dit qu'ils ne connaissaient pas les Peynnot. Tiens d'ailleurs, où est sa femme ?

- Vous êtes référencé comme marié, et deux à vivre sous ce toit. Où est Madeleine Peynnot, votre épouse ?
- Eh bien... oui, je me rappelle ! Elle est en vacances en Norvège avec son amie, euh... Pascale ! C'est Patoche, on l'adore mais elle me pique souvent ma femme. C'est embêtant... Je lui dirai à son retour...euh... Samedi !

Il paraît louche. Beaucoup d'hésitation, et bien trop d'informations. Il est nerveux, il plaisante mais ne rit pas de bon coeur. Je le sens moins crédible. Patoche ? N'importe quoi. Je dois trouver un petit élément pour l'emmener avec moi au poste, je lui poserai des questions et le garderai le plus possible le temps d'avoir l'autorisation. Le bon dieu m'entend, Stéphane trouve des sachets de cannabis dans la cuisine. On l'embarque. Je suis content de l'emmener pour pouvoir le questionner, mais j'espérais t'y trouver. Je te promets d'y arriver un jour.

Isabelle

Aurel est passé nous voir. Il avait l'air stressé, mais il n'a rien voulu nous dire. Secret professionnel. Il avait la tête de quelqu'un qui a peut-être une piste. Tu avais cette tête-là toi, dans ces cas là. A chaque fois que mon téléphone sonne, j'ai peur que ce soit la morgue, j'espère que c'est une bonne nouvelle de la police, ou mieux, toi, mais c'est souvent la banque. On a quelques soucis en ce moment. Je vais vendre l'ancienne voiture de collection de mon père. Clément l'adore mais il ne peut me la racheter pour le moment, et on est sur la paille. Je n'ai pas perdu espoir, je suis la seule avec ton frère. Est-ce que c'est du déni ? Peut-être. Mais je refuse de faire le deuil de mon enfant, ce n'est pas négociable. Je vais aider Clément à préparer ton anniversaire, tu seras là. Je préfère devenir folle et croire que ma fille reviendra un jour, plutôt que devenir inconsolable ou dépressive. Je ne pourrai jamais faire mon deuil de toi ma chérie, jamais. C'est une chose qui ne peut être réalisable pour une mère. Alors, autant que je croie à ta réapparition, même si je suis la seule et que l'on me voit comme une déjantée. Ta soeur a repris le travail. Elle s'est plongée dedans et fait des journées plus longues que le nez de Pinocchio. Comment fait-elle ? Ma chérie, je suis ta mère, tu sais que tu peux tout me dire. Donne-moi l'adresse où tu te trouves, le nom de celui ou celle qui te veut du mal, et j'arrive avec les armes. Tu es forte mais si tu ne reviens pas, c'est que tu es tombée sur plus fort. Lorsque tu m'as dit que tu voulais entrer dans l'école de police, je suis tombée des nues. Ton père croyait en toi. Moi aussi bien sûr, mais je me suis dit que tu étais trop fragile. C'est un monde d'hommes, de brutalité et de violences physiques et mentales. Les injures à votre égard, les cailloux que l'on vous lance, toute cette haine naissante... C'est trop de pression. Les plus grands tarés de ce monde, tu as choisi de les côtoyer et les neutraliser. Tu le fais de bon coeur, tu sauves la population. C'est tout toi. Je n'en ai pas dormi les nuits. J'avais très peur. Je t'ai sous-estimée, je l'avoue, tu étais bien plus forte que je ne le croyais. Tu es devenue une fille flic au milieu de ce monde masculin. Je dirais même une excellente fille flic. Tu en as mouché plus d'un, moi la première. Tu es le lieutenant Sommelier, tu portes fièrement le nom de notre famille. Mais aujourd'hui, tu te retrouves quelque part, prise au piège. Je crois en Aurel. Tu l'as tout de suite pris sous ton aile, tu lui as tout appris. J'espère que ce soir, tu rentres à son bras, en vie.

Sonia

J'ai encore fini le travail à vingt et une heures. Je ne compte plus mes heures. Hier, c'était le 8 septembre. Six mois que tu ne vas plus chercher le pain, que tu ne m'appelles plus, que tu ne nous racontes plus tes problèmes au boulot, et qu'on ne se réunit en famille que pour te rendre hommage. J'ai pensé avoir commencé mon deuil bien avant les autres. J'ai vingt-deux ans, je suis jeune, je suis plus lucide que papa et maman. Mais en fait non. J'ai tout de suite su que tu ne reviendrais pas, c'était sans espoir. J'étais affreusement triste. Je ne mangeais presque plus, je ne sortais presque plus non plus. Je tentais de me faire à l'idée qu'on faisait partie de ces familles qui ont perdu un des leurs. Je pensais y être parvenue. J'avais tort. Je me suis entièrement plongée dans le travail. Les contrats, les clients, les rendez-vous, et les factures prenaient toute la place. Je ne voulais plus laisser une seconde de mon temps me faire penser à toi. Mon cerveau et mes mains devaient être occupés

51

toute la journée, le plus possible. J'étais tellement épuisée les soirs, que j'arrivais même à dormir parfois. Mais tu m'obsèdes Lou-Anne. Les six mois, le contre-coup, je me le prends en pleine face. J'ai fait un malaise hier au bureau. Surmenage ? Déshydratation ? Hypoglycémie ? Peut-être les trois. Non, la cause c'est toi. Je suis rattrapée par ton absence. J'ai l'impression qu'enfin mon cerveau a réalisé que tu avais disparu. Je pensais que j'étais la seule à l'avoir compris tout de suite, et accepté. Je pensais que c'était Clément et maman qui ne l'avaient pas encore intégré. Mais j'avais complètement tort. C'est eux qui ont compris bien avant moi. A cet instant, j'ai très mal. Je me sens seule, tu étais toujours là pour moi. On se disputait parfois, mais jamais rien de grave. Quand on était plus jeunes, on se liguait contre Clément. "Girl power" tu disais. Tu as toujours voulu assumer ta féminité. Tu as défendu tes droits en tant que fille dans la fratrie, puis de femme dans le monde, et enfin, de policière dans ta brigade. Je n'ai pas assez de doigts pour compter le nombre de remarques sexistes que tu as pu te prendre. Une femme qui parle et qui dénonce n'a jamais été très appréciée. Je t'admirais. J'aurais bien voulu faire comme toi, me battre et me défendre. Mais je te l'ai déjà dit Lou-Anne, je n'ai pas ta force. Tu as tout pris de papa. Sa hargne, son caractère, sa force, ses yeux, sa bouche, sa répartie, son envie de réussir. Il a perdu toutes ces qualités depuis que tu es partie. Il n'est plus qu'un homme sans envie qui se laisse vivre jusqu'à ce que la mort vienne l'attraper sans le prévenir. J'espère que tu l'as vidé de ces qualités pour t'en servir. Je t'aurais bien donné les miennes, mais tu en ferais quoi ? Reviens vite Lou-Anne, démerde-toi mais reviens. J'ai besoin de toi comme d'une Ventoline si j'étais asthmatique, ou comme d'un toit si j'avais été sans abri. Tu comprends à quel point ?

Lou-Anne

Je m'active. J'ai eu peur tout à l'heure, il y avait du bruit en haut. On aurait dit qu'un éléphant courait dans toute la maison. Madeleine a perdu beaucoup de sang, il l'a frappée à la tête. L'arcade est ouverte, c'est impressionnant mais ce n'est pas si grave. Ses pommettes bleuissent déjà à vue d'oeil. Son âge et tout ce que son corps a déjà subi me terrifie. Il ne faut pas qu'elle me lâche. Sam voudrait la voir, il voudrait connaître la femme qui l'a protégé d'un monstre. Elle en paye le prix depuis tant d'années, elle mérite la récompense de voir son fils aujourd'hui. Je supporte sa tête à bout de bras. Je sens son pouls, j'ai nettoyé son visage et arrêté l'hémorragie. Il y a du sang partout au sol, et sur mes mains. Allez Madeleine, ne me restez pas dans les bras. Je l'allonge sur le lit et lui enlève ses vêtements, pour lui en donner d'autres. Elle a le visage bien amoché.

- Je vais vous raconter notre rencontre avec Sam. Pensez à lui, il va bien, il aimerait vous voir. Il faut que vous vous battiez encore un peu, je vais tout faire pour nous sortir de là, je vous le promets. Accrochez-vous. Un jour je suis entrée dans un bar. Il était assis là, il buvait un Scotch alors qu'il était dix heures. Il avait le profil type du mec qui m'insupporte. Son tailleur et son verre lui donnaient cette arrogance et ce dédain que je hais chez les bureaucrates. Je commande un café, j'étais avec mon amie, Clara. On le critiquait, on se moquait de lui. Elle en riait, moi il m'énervait vraiment avec son sourire Colgate et ses phrases toutes faites. On était en terrasse, il faisait beau. Et là ! La vie décide de me punir. Une abeille me pique. Je suis allergique. J'ai d'abord subitement mal à l'avant bras, puis je gonfle, puis j'ai des plaques, puis je m'évanouis. Ne vous moquez pas Madeleine, le karma est très puissant ! je conte à ma belle-mère biologique.

Elle est toujours allongée sur le lit, les yeux clos. Elle n'a pas bougé, mais respire un peu mieux. J'espère qu'elle m'entend. Je lui mens sur notre rencontre, parce que je veux qu'une bonne image de son fils, en héros, en sauveur, lui fasse ouvrir les yeux. Si je commence par lui dire qu'il était dans la rue, elle s'en voudra trop pour avoir le courage de revenir parmi nous.

- Je me suis réveillée à l'hôpital, rouge mais dégonflée. Votre fils, le héros de cette histoire, avait volé à mon secours alors que mon amie ne savait comment agir... Trop de pression. Il m'a conduite jusqu'aux urgences, et depuis, il ne m'a jamais quittée. Depuis, je ne me moque plus, mais je suis toujours allergique aux abeilles.

Je fais une pause dans mon récit. Elle bouge un peu les doigts. Cette fois-ci, je vais lui parler avec sincérité, et vérité.

- C'est la plus belle rencontre que j'ai pu faire. Certes, notre histoire n'est pas banale. Certes, elle n'a pas très bien commencé pour l'un de nous deux. Mais ce qui compte, c'est que l'autre soit venu à son secours. J'aime votre fils, il est formidable. Et je suis venue ici pour l'apaiser un peu, pour que vous alliez le voir. Alors maintenant, debout Madeleine ! Allez ! Ne faites pas votre vieille, vous avez encore la pêche.

Elle n'a visiblement pas apprécié que je puisse la traiter de vieille. La voilà qui ouvre un oeil. On dirait un chaton qui vient de naître, mais c'est une femme battue qui se relève pour son fils.

Clara

Ce soir, je dîne avec Samuel et nos amis, Lou-Anne. On ne va pas parler de toi, excuse-nous. C'est trop douloureux pour moi, trop glauque pour certains... Sujet tabou. Ton fiancé va mieux. Il bosse bien, il a l'air de s'être repris en main. Je ne sais pas ce qui le motive, et je ne le demanderai pas. J'ai peur que ce soit une autre femme. Il n'y a qu'elles qui donnent la force à un homme de se remettre sur le droit chemin. Tu en es la preuve. Il a peut-être trouvé quelqu'un d'autre qui l'aide à surmonter tout cela. J'espère que de là-haut, tu ne lui en voudras pas. Je ne suis pas là pour le juger, toi non plus. Chacun fait ce qu'il peut depuis que tu es morte, Lou-Anne. On entre au restaurant, on retrouve nos amis attablés dans le fond de la salle. Elle est décorée avec goût, tu aurais aimé. Je te connaissais très bien, on s'est rencontrées au lycée. J'ai pris la voie de l'immobilier, toi de la police, mais on se voyait toujours. Tu étais une grande amie, une grande fliquette et une grande personne. C'est le passé, aujourd'hui tu n'es pas avec nous pour partager ces moments, mais je te promets de penser encore à toi tous les jours. Fredo engage la conversation. On se marre, on trinque, on oublie un peu que c'est ton fiancé qui te remplace dans notre bande de potes du lycée. Il est plutôt joyeux. Je suis heureuse de le voir ainsi. Merde, Louis plombe l'ambiance.

- J'aimerais qu'on trinque ce troisième verre à Lou-Anne. Quand elle reviendra, elle en aura beaucoup à rattraper. Souhaitons-lui de rentrer le plus vite possible, avant qu'elle ne prenne la cuite de sa vie à son retour ! fait-il en plaisantant

-   Je suis d'accord ! Elle se souviendra de celle-là, ce sera
    pire que la soirée chez Marlène quand elle avait
    dix-sept ans, vous vous souvenez ? lance Nico.

Toute la tablée part en fou rire. En souvenir. Tu prends toute
la place une fois de plus. La bande ne parle plus que de toi.
C'était déjà un peu le cas avant, mais en étant absente, c'est
encore pire. Je me souviens bien de cette soirée. Tu venais de
te faire larguer par ton petit copain de l'époque, tu voulais ne
plus avoir le mal du premier amour et tu t'es mise à boire tout
ce que tu trouvais. Tu as fini par t'endormir en deux heures
dans le canapé. On a fait un Tic Tac Toe sur ton dos au
marqueur, on t'a tartiné le visage de pâte Spéculoos, tu as fait
la une des réseaux sociaux. Après ça, tu nous as détestés
pendant trois jours.

-   Quand elle reviendra, elle viendra d'abord avec moi !
    Je travaille dur et je gagne de l'argent, tout ça pour
    l'emmener en voyage de noces dès son retour. Je veux
    qu'elle devienne ma femme. On fera le tour du monde.
    intervient Samuel.

Alors cette fille qui lui donne toute cette force, c'est toujours
toi.

Madeleine

Lou-Anne m'a raconté sa rencontre avec mon fils. Il a joué les
héros. Quel gentleman ! Je vais me battre pour lui. Franck ne
gagnera pas. Mon heure n'est pas encore arrivée. J'ai
terriblement mal à la tête, ça cogne. C'est un véritable
monstre, il a voulu me tuer. Je souffre, certaines minutes,
j'aurais préféré mourir. Lou-Anne est vraiment adorable. Elle
me soutient, m'a débarrassée de mes affaires pleines de sang,

et m'en a prêté d'autres. Elle me parle, ça me fait du bien. Je ne suis plus seule et je suis soulagée de cela, même si j'avoue que j'aurais préféré qu'elle ne mette jamais les pieds ici. Sa famille doit être morte d'inquiétude, mon fils doit sombrer dans la dépression et la colère. Et s'il devenait aussi colérique que son père ? Après tout, il a de son sang.

- Madeleine. Racontez-moi la plus belle période de votre vie, détendez-vous, je vous écoute. Lâchez prise, repensez à cette période. Comme si vous y étiez, vous allez me la raconter ! me demande la jeune fille.

La plus belle période de ma vie ? Je sais parfaitement quand elle a commencé, et quand elle s'est terminée. Je me remémore chaque instant, je souris bêtement.

- Un jour, j'ai fui la maison. Franck avait beaucoup trop bu, il s'est effondré sur le canapé, et avait laissé la porte entrouverte. Je suis sortie, avec mes papiers et mon argent, le sien aussi, mais sans autres affaires. J'ai vu là l'opportunité de ma vie.

Je reprends mon souffle. C'est douloureux de parler, mais je me sens bien lorsque je parle de nous deux.

- J'ai pris l'avion à Bordeaux, jusqu'à Paris. Je n'étais pas plus en sécurité, j'ai dû fuir à l'étranger par le premier avion qui s'affichait. La destination ? Le Monténégro. Je ne connaissais rien de ce pays. Mais je n'avais pas le choix, alors je suis partie tout de suite.
- Le Monténégro ? Pas de chance, les Etats-Unis ou l'Australie, c'est mieux ! Mais, vous avez fait comment là-bas ?
- J'ai pris un taxi jusqu'à la tombée de la nuit. Je me disais que les étoiles me guideraient. En réalité, j'avais très peur. J'étais seule dans un pays où je ne pouvais me servir que de mes faibles bases en anglais pour me débrouiller. Le pays était indépendant depuis

seulement deux ans. C'était encore un peu chaotique. Je me suis donc retrouvée dans un hôtel à Perast. C'était sublime. J'ai admiré la vue, et là Lou-Anne... Je me suis sentie tellement libre !

Je tousse, j'ai beaucoup de mal à parler. Lou-Anne me suggère de faire une pause, on reprendra plus tard. Mais moi je ne veux pas te laisser tomber, t'enlever de ma tête et chasser ton souvenir. Je ferme les yeux et je repense à cette merveilleuse période. Je ne m'arrête qu'un instant, et je reprends lorsqu'elle ne s'y attend pas.

- Les montagnes enrobent la mer Adriatique qui apparaît comme un lac, calme, bleue, indomptable. Le vert des arbres se marie parfaitement avec le bleu du ciel et de la mer. La ville de Perast a les pieds dans l'eau. C'est minuscule, c'est convivial. On y vivait pauvres, mais je n'y étais pas trop mal. Je me sentais tellement loin de Franck, et libre. Le temps était suspendu lorsque j'admirais la mer. Je me pensais intouchable. Le temps est passé. La convivialité des habitants m'a permis de faire de belles et nombreuses rencontres. Je me suis trouvée des amies, des personnes avec un immense coeur et qui m'ont traitée comme je n'avais jamais été traitée. Je n'oublierai jamais Colette, Nadine et Marguerite. On formait une jolie bande à quatre, on s'amusait comme des ados. Bien sûr, je pensais tous les jours au bébé que j'avais laissé et à l'homme qui m'avait brisé l'âme et les côtes durant des années. Je faisais des cauchemars, il me hantait jours et nuits. Nadine habitait Kotor, une ville à côté. Son père est décédé, et la maison s'est retrouvée sur le marché. Même si l'hôtel n'était pas très cher, j'ai sauté sur l'occasion pour avoir un chez moi. La maison de son père est devenue la mienne, pour une bouchée de pain. Je l'ai rénovée à mon goût, avec l'aide d'un homme. C'était le cousin de Nadine. Il s'appelait Dejan. Son aide m'a été précieuse dans le déménagement, dans la mise en place des meubles et même par la suite, lorsqu'il est devenu mon mari. Nous nous attirions comme des aimants à chaque fois. Un soir, on a dérapé. J'étais distante, j'étais froide et je me retenais de pleurer chaque fois qu'il me touchait. Je voyais Franck dans ses yeux dès qu'il m'attrapait par le bras, par la main, ou par la tête. Il ne comprenait pas. J'ai mis beaucoup de temps. J'ai dû lui mentir, et lui dire que mon père battait ma mère quand j'étais jeune, d'où ma méfiance. Je ne voulais pas qu'il me voie comme une victime. Je l'aimais tellement, j'ai fini par apprivoiser ses gestes, et accepter que tous les hommes ne sont pas Franck. Il était beau, doux, gentil, attentionné, intelligent, drôle. On a passé des moments extraordinaires. Neuf années de bonheur. C'est l'homme de ma vie.

- Je vois vos yeux qui pétillent. Vous respirez mieux, il vous fait l'effet d'un Doliprane. Continuez, que s'est-il passé ? Vous aviez l'air heureux ensemble, alors je peux savoir pourquoi il n'est pas à côté de vous aujourd'hui ce Dejan ?

Aurel

Je suis au commissariat avec le type de la maison perdue. Il demande sans arrêt ce qu'on a contre lui. Du cannabis. C'est tout, mais ça suffit. Je vais l'interroger à ton propos. Il s'installe en salle d'interrogatoire. Je respire un bon coup. Je

59

veux que ce soit lui. Je veux qu'il me guide jusqu'à toi, que tu sois à mon bras, ce soir, pour rentrer chez tes parents. C'est parti, je croise les doigts. J'enfile le masque de l'intimidation. Il a l'air nerveux depuis ce matin.

- On a retrouvé du cannabis chez vous monsieur Peynnot, mais ce n'est pas tout. J'ai plusieurs questions à vous poser. J'aurais aimé voir votre femme aussi, où est-elle déjà ?

Toujours poser les même questions. S'il ment, il peut se mélanger les pinceaux. Il n'avait pas l'air très sûr de lui ce matin, je vérifie. Peut-être que je m'acharne sur un innocent. J'espère ne pas perdre la tête. Il hésite un instant mais il va me répondre. Moi je n'hésite pas, je me souviens. Norvège, Pascale (Patoche), retour samedi. A lui.

- Je vous l'ai déjà dit, elle est en Islande, avec Pascale.
- Quand rentre t-elle ?
- Le 13 me semble t-il.
- Deux mauvaises réponses monsieur Peynnot. Vous perdez la tête si jeune ? Je suis sûr que vous m'aviez dit qu'elle était en Norvège, et qu'elle rentrait samedi.

Il pique du nez. Ses mains sont moites, je suis vraiment sur un profil de débutant en mensonge. Je peux facilement le déstabiliser. Sa jambe fait trembler la table. Un petit sourire narquois prend place sur mon visage, typique du flic fier de lui.

- C'est à côté, j'ai dû me tromper. Samedi oui, on n'est pas le 13 ?
- Vous avez raison, à mille cinq cent kilomètres près. Vous m'avez l'air surmené... A votre âge, il faut vous ménager monsieur.

Il faut maintenant jouer la carte de l'abruti. Je vais le prendre pour un imbécile, jouer avec ses nerfs, c'est ce qui va le faire craquer. Personne n'aime se faire prendre pour un benêt.

Enfin, je crois. Je plaque ta photo sur la table comme une affiche au mur.

- Passons aux choses sérieuses. Lou-Anne Sommelier, presque trente ans, belle comme un coeur, toutes ses dents. Quand est-ce qu'elle est venue chez toi ?

Franck

Je sais que je ne suis pas crédible. Je suis un taré mais pas un excellent taré. Je ne sais pas mentir, je ne sais pas faire semblant de bien aller. Tu ne m'as pas tout donné maman. Le côté gentillet de papa se fait ressentir parfois. Je suis un mauvais garçon qui frappe et séquestre des femmes, mais je ne sais pas mentir. Quel fardeau ! Je suis même peut-être un meurtrier si la vieille a succombé. Je pourrais me justifier, elle le méritait. Mes mains collent, ma jambe tremble, je ne pense pas qu'il ait remarqué. C'est un jeunot, il est débutant. Allez Franck, ressaisis-toi, tu as le pouvoir.

- Jamais vu ce visage. Qui est-ce ?

Il grogne, j'ai réussi à mentir. J'espère que tu es fière de moi, maman.

- Arrêtez de nous faire perdre notre temps. J'ai été patient, je ne vais plus l'être très longtemps. Je sais, j'ai des preuves que Lou-Anne Sommelier est venue frapper chez vous il y a six mois. Le 8 mars 2019, le lieutenant Sommelier, je répète, était chez vous monsieur Peynnot ! Depuis, personne n'a de nouvelles. Vous êtes le premier suspect. Ce n'est plus le moment de rigoler, ni de mentir. Alors, s'il vous plaît, arrêtez votre cirque. Que voulait-elle ?

Comment sait-il ? Je croyais qu'elle avait fait ça en douce, pour que mon fils ne se doute de rien. Elle a dû faire une erreur de débutante, comme se connecter à son téléphone et ils l'ont géolocalisée juste avant que je le lui pique. Quel imbécile ! Ne jamais faire confiance aux blondes, je le sais pourtant. Je viens d'avoir une brillante idée. J'aurais dû y penser plus tôt. Je viens de donner raison à toutes les personnes qui m'ont dit que je n'avais pas la lumière à tous les étages. Mais je n'ai pas dit mon dernier mot, oh non. Il faut vite que je me débarrasse de ce flic pour mettre mon plan à exécution.

Clément

J'ai aidé Aurel à dépanner ton ordi. Je suis content qu'il ait pu y avoir accès. J'espère que tu vas nous aider ma Loulou. Je t'appelais comme ça quand tu avais six ans. Aujourd'hui je m'en souviens ! J'espère qu'il est déjà sur une piste pour te retrouver. Je lui fais confiance.

Sonia n'a pas supporté le 8 septembre. La demi année lui a fait l'effet d'une bombe à retardement. Elle s'était complètement plongée dans le travail, mais ton absence l'a rattrapée. Je vais la voir ce soir, je voudrais lui parler, qu'on se souvienne à deux. J'aimerais qu'on commence à parler de toi en se souvenant des meilleurs moments, pas du pire. J'irai voir Samuel aussi. Je l'ai pas mal délaissé. Je ne voulais pas lui infliger mon fardeau en plus. C'est comme apporter du matériel cassé pour aider un garagiste à réparer sa voiture. Je suis un tournevis cassé. Complètement bousillé. Et lui, il est coincé avec sa carcasse de voiture. Après ta disparition, on s'est tous renfermés sur nous-mêmes. Chacun devait penser que les autres n'avaient pas aussi mal, qu'ils ne comprenaient pas, que ce n'était pas la même chose. Alors que la douleur est la même pour tous. On aurait dû se serrer les coudes. On aurait dû en parler, pleurer ensemble, hurler et prier ensemble. On aurait dû se souvenir de toi, jusqu'à ce que tu réapparaisses. Les soirées n'auraient pas dû être celles que nous avons passées chacun de notre côté. Maman n'aurait pas dû dormir seule depuis six mois, l'oeil entrouvert. Moi, je n'aurais pas dû rester les bras croisés dans la cuisine à boire du café au cas où tu m'appelles. Sonia et papa n'auraient pas dû passer leurs soirées au travail ou au bistrot pour s'occuper le cerveau. Tu n'es pas inexistante, tu occupes nos esprits et ce depuis ta naissance. Lou-Anne, tu as toujours pris beaucoup de place. Mais je te préfère présente, tu es plus drôle. Reviens, je m'ennuie, j'ai plein de choses à te dire. Mon fils vient de rentrer. Il va falloir que je fasse à manger.

Isabelle

Le repas est silencieux. On ne cherche même plus à combler le silence. Pierre mange sa soupe sans oser tremper ses lèvres. Je ne me permets pas de couper ma salade. On ne rompt pas le silence. Le silence, c'est ton absence. Ma fille, mon enfant, mon bébé. Ta place est ici. J'aimerais que tu sois à nouveau toute petite, que tu réapprennes à marcher, à parler. Tu étais toujours collée à nos baskets, je n'aurais jamais cru pouvoir te perdre un jour. Tes boucles blondes cachaient tes petites oreilles. Tu avais les yeux clairs et la peau lisse. Adolescente, tu passais tes soirées dans le jardin à gratter la terre, nager dans la piscine, démonter et remonter nos outils, jouer avec le chien... Tu ne t'arrêtais jamais. J'adorais voir que tu profitais de ce que la nature nous donne, plutôt que de rester enfermée toute la journée dans ta chambre. Au lycée, tu as commencé à changer de style tous les quatre matins et à vouloir imposer tes idées. J'ai eu peur pour toi. Je sais que tu voulais qu'on sache que tu existes, et que l'on te doit le respect parce que tu es une personne. J'en ai toujours été très fière, une vraie femme qui garde la tête haute. Mais les personnes qui se font remarquer sont les premières cibles. En bien, ou en mal. Moi, je suis tombée amoureuse de ton père pour cela, mais d'autres se sont fait tuer pour avoir haussé le ton. Aujourd'hui tu as disparu. Le monde n'est pas quelque chose de drôle ma chérie. Mes collègues me disaient de te surveiller. Tu avais selon eux, un "comportement étrange". Jamais les mêmes avis, les mêmes goûts, et une "tendance réservée" qui aurait pu t'apporter des ennuis. On m'a même parlé de "tendances suicidaires" parce que tu t'habillais en noir. Je n'ai jamais écouté personne ma fille. Ils ne te connaissent pas, moi oui. Tu croquais la vie à pleines dents. Tu veux vivre, et longtemps. Je finis mon yaourt, et au lit. Demain est un autre jour, peut-être celui de ton retour ma boucle d'or, mon mécano, mon jardinier, mon bébé.

Lou-Anne

Madeleine me raconte les montagnes, la mer, le soleil, les dauphins, la convivialité, et l'amour. Elle a fui son mari neuf ans de sa vie. Elle a vécu, elle était libre et pouvait avoir des amies, sortir, nager, rire sans se méfier. J'ai le coeur qui se serre. Je suis soulagée de savoir que ma belle-mère biologique a vécu heureuse durant une période de sa vie, même courte. Je suis admirative de son courage pour avoir pris la fuite loin de son mari violent. Je suis triste de savoir qu'il l'a retrouvée. Franck est revenu la chercher. Il l'a privée de l'amour de sa vie, le véritable. Elle a dû quitter ses amies, sa maison, le pays qu'elle aimait. Pourquoi la vie s'acharne t-elle sur cette pauvre femme ? Elle a dû dire à Dejan qu'elle était obligée de rentrer en France, et l'a supplié de ne pas la suivre. Il a sûrement obéi. Franck n'est pas venu nous voir depuis plusieurs heures. Ce n'est pas habituel. Peut-être qu'il ne veut pas risquer de voir le corps de Madeleine étalé sur la moquette dans une mare de sang. La lâcheté le poursuit, une fois de plus.

Je pense à mes collègues. Aurel ne m'aurait jamais lâché. Je sais que même si je suis là depuis dix ans, il se bat tant qu'il n'a pas de corps. J'espère qu'il a fouillé mon historique, il pourrait trouver la dernière adresse, même si je l'ai supprimée. Pourquoi est-ce que j'ai fait ça ? S'il n'y a pas pensé, je suis foutue. Il est ma seule chance. Oh mon dieu ! Je viens de faire le lien. Ce n'était pas un éléphant, c'était ma brigade.

- Madeleine ! je crie. Aidez-nous ! On est là !

Je suis sur pied, je hurle, je saute, j'espère que des gardes sont restés là. J'aurais dû crier plus tôt. Je suis peut-être passée à côté de la seule chance de pouvoir un jour sortir vivante de ce trou. Je m'effondre sur le sol. L'espoir m'a envahi, mais je réalise que c'est beaucoup trop tard.

- Ils étaient là... Ils étaient juste au-dessus de nous Madeleine... Juste au-dessus !

Je peine à articuler car je suis dépitée. Ils ont dû embarquer Franck. Et s'il ne revient plus ? On va mourir de faim, de soif, d'air. J'étouffe, je panique, j'ai besoin d'aide.

9 janvier 2019

LIVRE D'OR

Joyeux vingt-huitième anniversaire Lou-Anne. De là-haut, j'espère que tu m'entends, et que les anges te gâtent et te parlent de Gastes. Tu mérites un festin, des ballons, et un concert de Bob Marley gratuit. Prends des vidéos. Je t'embrasse !

Clara

C'est ton anniversaire aujourd'hui mon amour. Tu ne dois pas avoir le droit de le fêter là où tu es, mais on fera les choses bien à ton retour. Ton frère a eu une super idée avec cette soirée. J'espère que tu sens que tout le monde est toujours là pour toi. A très vite, dépêche-toi s'il te plaît, tu me manques.

Sam

Bientôt 30 ans ma Loulou ! Profite encore un peu de ta jeunesse, et de la vingtaine. A ce que je vois, tu n'es pas au rendez-vous. Nous oui. Tu as peut-être raté ton train. Je referai la même chose dès que tu seras de retour. C'est promis. Joyeux anniversaire ma petite soeur.

Clément

Tu triches. Tu n'es plus là pour prendre les années dans la tronche. Aujourd'hui tu aurais dû vieillir. Le temps doit être arrêté là-haut, tu fais partie des immortels. On pense tous à toi, je t'aime fort et je te dis à très vite, je te rejoins le plus tôt possible… Joyeux anniversaire.

Sonia

Ma chérie. Papa et maman te souhaitent un joyeux anniversaire, et espèrent lire ces messages un jour avec toi, dans le salon de notre maison. A très vite, nous t'aimons d'un amour incomparable. Petit ange.

Papa et maman

Joyeux anniversaire Lou-Anne. Le temps passe, même si tu n'es plus là pour le voir. Tu resteras à jamais dans notre bande. Où que tu sois, sois en paix.

Nico, Coco, Fred, Marion, Chacha, et Louis

Je continuerai de marcher tous les 8 du mois en votre honneur et votre respect. Vous êtes une étoile partie trop tôt. Joyeux anniversaire ! Même pas 30 ans…

R.Gonin

Joyeux anniversaire Lieutenant. Je n'ai pas dit mon dernier mot. J'ai merdé, je sais que j'ai perdu à mon propre jeu. Deux mois d'arrêt pour violence sur l'autre manipulateur à la gueule d'ange. C'est vraiment bête, mais je reprends du service demain, et je ne vais pas le lâcher, crois-moi. On se revoit vite

Lou-Anne, je vais te ramener ici, devant tes parents, pour fêter ton anniversaire comme il se doit.

Aurel

Joyeux anniversaire Lou-Anne, petite étoile, partie trop tôt, repose en paix.

Les habitants de Gastes

8 mars 2019

Samuel

Je suis en noir, aux côtés de ton père. Sonia est agrippée au bras d'Isabelle, qui ne tient presque pas debout. L'église est pleine, toute la commune s'est réunie. Ton frère est resté dehors. Pour ton enterrement, l'air est lourd, ma chérie. Je vois ton cercueil, il est fermé. J'imagine ton corps inerte, étalé dans le fond de cette boîte en bois. Le prêtre fait son discours. Il parle de toi et de ta gentillesse comme s'il en savait quelque chose. Il ne te connaît pas, il sort le même discours pour tous ceux qui passent de l'autre côté. Il dégaine son air malheureux, alors qu'il ne pense qu'à rentrer chez lui, manger ses pâtes. Je suis écoeuré, j'ai envie de le frapper. Je n'ai jamais eu envie de me battre avant. Dans ma poitrine, mon coeur s'arrête, en même temps que le tien. Le noir ne te ramènera pas, les prières et les bougies non plus. Connerie de cérémonie. Ta mère menace de s'évanouir, ton père a le visage fermé, ton frère est absent, et ta soeur a le regard dans le vide. Monsieur Gonin n'est pas loin, le coeur sur la main. Sa fille est à côté de lui. Veinard qui ne prie pas pour toi, mais pour que ça ne lui arrive pas à lui. Je le vois car il lui sert la main lorsqu'on te dit adieu. On chante, et tu t'en vas. Soit-disant que tu pars le coeur léger, en paix. Moi je pense qu'il n'y a que dans mes bras que tu peux être en paix. On me dit de te dire adieu, on m'y oblige. Je refuse et tu restes bloquée là, entre le ciel et la terre. J'ai fait ce cauchemar hier soir, mon coquelicot. Jure-moi qu'il n'était pas prémonitoire ?

Pierre

Ma petite fille. Il y a un an que tu ne réponds plus au téléphone, pourtant je tente chaque jour de te joindre. Il y a un an que tu ne nous rends plus visite, que tu ne m'as pas appelé "papa", que tu ne t'es pas plainte, non plus. Je suis écoeuré d'être vivant ce matin et de devoir subir le premier anniversaire de ta disparition. Notre vie sans toi est un enfer. Gastes se réunira aujourd'hui. C'est différent. Un an, c'est le passage à la longue durée. Dans un couple, on se rend compte que c'est du sérieux. C'est la même chose pour la disparition. J'en ai gros sur le coeur. Ton anniversaire était haut en couleur. On a tous pleuré, on s'est souvenu, on a bu, mangé, comme si tu étais là le temps d'une soirée. Si le bon dieu m'entend, je suis prêt à me rendre pour te sauver. J'attends qu'il accepte ma proposition, j'ai même hâte.

Isabelle

Ton père n'a pas dormi. Il était assis sur le canapé ce matin, comme hier soir. Je suis restée dans le lit mais je n'ai pas plus dormi. Ta chambre d'enfant est encore pleine de vie. Tu n'as jamais pris le temps de la débarrasser, et j'aimais que tu prennes ce temps-là. Aujourd'hui, il ne me reste que tes posters, tes cahiers, et tes draps de princesse qui sentent encore ton odeur. Je m'y réfugie. C'est l'anniversaire de ta disparition. Mais je n'ai pas le coeur à la fête. Je retrouve tes vêtements de petite fille. Je me demande comment tu as pu loger un jour là-dedans. C'est minuscule. J'aimerais que tu sois dans mes bras pour me consoler. Tu l'as souvent fait. On a nos petits secrets ma chérie. Les soirs où la maladie faisait surface, quand je n'en pouvais plus, tu étais là. C'était aussi tes bras qui étaient là quand notre chat est passé sous les roues du voisin, quand tu as loupé ton bac la première fois, quand ton frère s'est blessé au genou. Tu étais toujours là pour moi. Mon enfant, aujourd'hui j'ai besoin de toi, plus que jamais. Je dois me consoler, et je ne trouve plus tes bras. Je hais le chiffre huit, je hais le mois de mars, et je hais 2018. Gastes se réunira, j'irai.

Sonia

Je marche bras dessus, bras dessous avec Clément. On est là pour te dire qu'on n'avance pas. Il y a du monde, tous les Gastais. Les rues sont bondées comme à la fête de la musique, mais on ne fête rien. On marche, on ne sait pas vraiment pourquoi. Les fleurs et les bougies illuminent la place du commissariat depuis un an. J'espère que tu sais que cette date marque la fin des condoléances. Les Gastais se sont regroupés tous les 8 du mois, mais un an, ça nous frappe. Ils vont se dire que le temps passe, et la vie continue, même sans toi. C'est la "dead line". Terminé, tu passeras aux oubliettes, dans les histoires tristes de la commune de Gastes, d'il y a longtemps.

Le contrecoup des six mois n'a fait qu'empirer. Je vois un psy, et je m'en fous. Je vais à toutes les séances mais il parle plus que moi. Je n'ai plus envie de travailler, ni de manger, ni de rien. On m'a diagnostiquée "dépressive". Je n'y crois pas une seconde. Encore les médecins et leur baratin. Je suis juste en deuil. N'est-ce pas Lou-Anne ?

Aurel

J'ai le moral dans les chaussettes. Je n'ai plus de preuves contre l'homme chez qui tu es allée. Il est louche, il a l'air fou, mais je ne le vois pas faire du mal à quelqu'un. Il a l'air tellement bête qu'il se ferait avoir tout de suite. Je n'ai plus de piste, je suis nul. L'enquête prend fin, je vais te perdre. J'ai dû le relâcher en octobre dernier. Peut-être que tu es déjà morte depuis longtemps... Tant que je n'ai pas de corps, je ne veux pas y croire. Je continuerai de te chercher, jamais je ne te lâcherai. Mais j'aimerais que tu me fasses un signe Lou-Anne, s'il te plaît. Tu m'apprends encore beaucoup de choses, je suis débutant. Tu m'as laché dans la cage au lion, et tu t'es éclipsée. Trop facile. Tu devras accepter un jour que l'élève veut dépasser le maître. Ne fais pas l'égoïste et reviens me guider. Je passe devant les fleurs. Ton visage s'efface peu à peu.

Clément

Je t'attends toujours. Mais j'ai peur petite soeur. J'ai l'impression d'oublier petit à petit les traits de ton visage. Je sais que tu as une tache blanche sur le côté de la tempe, mais je n'arrive plus à la visualiser. Quel son a ta voix déjà ? J'ai l'impression que je l'imagine plus grave qu'elle ne l'est. Et si je t'oublie ? Et si je ne pouvais plus mettre de visage sur ton prénom ? Je ne veux pas oublier nos vacances, ni nos soirées, nos secrets, nos fous rires. Je veux me souvenir du son de ton rire, celui des larmes que j'ai séchées, de ton air quand tu mens, et celui que tu prends quand tu as quelque chose à me demander. Et si j'oubliais tes fossettes, le bleu de tes yeux, la longueur de tes cheveux, tes goûts spéciaux, la taille de tes mains, la cicatrice que tu as dans le dos à cause de ta chute à vélo ? Si je me réveille et que je ne me souviens plus, Lou-Anne, je me flingue.

Franck

Ce flic m'en aura fait baver. Il m'a gardé aussi longtemps que possible, mais je savais qu'il n'avait rien contre moi. J'ai enchaîné les interrogatoires, c'était presque de l'acharnement. Il ne me laissait pas une minute de répit. Il est fort, sacré don. Je devais puer la culpabilité, mais les preuves n'étaient pas là. Et oui... Vive Franck. Je gagne toujours. J'ai fait mon retour, et j'ai trouvé les filles dans un sale état. Après cette dure épreuve chez les poulets, j'avais besoin de réfléchir à un nouveau plan, une stratégie, et de prendre l'air. J'ai souffert de toutes leurs questions. Mentir demande trop d'efforts. Séquestrer aussi. Je n'ai pas une vie facile à mener. J'ai rempli le frigo de nourriture, assez pour tenir un hiver entier, et nourrir une famille de quinze personnes, avec sept chats. L'air de l'hydrobase de Biscarrosse m'a permis de m'aérer quelques mois. J'ai réfléchi, je dois agir vite. Je l'emmène de force, je lui mes le flingue sur la tempe, sur sa tache blanche. Elle ne pourra dire non. J'ai pensé à quitter la ville aussi. Mais c'est trop risqué. Je suis pris au piège. Je ne pensais pas devoir en arriver là un jour. Il y a un an que je séquestre deux femmes dans mon sous-sol. Mais pourquoi ? Je ne le sais même plus. Toute cette histoire a pris trop d'ampleur. Si seulement elle m'avait accompagné voir mon fils dès le départ, on n'en serait pas là. C'est de sa faute. Je ne peux plus faire marche arrière, maintenant. Je ne suis pas le plus intelligent des criminels, alors je cherche encore comment je vais pouvoir me dépatouiller de cette histoire. Le problème, c'est que ce genre de question se termine par la seule solution, les tuer. Même si je ne le veux pas forcément, parce que je ne suis pas un tueur, je n'aurai pas le choix. Ce sera la seule solution pour m'en sortir, alors je le ferai. De toute façon, c'est de leur faute. Je descends les voir.

- Salut les filles ! Je suis de retour ! J'espère que je ne vous ai pas trop manqué, tout de même.

Lou-Anne ne bouge plus, elle a l'air mourante. Je m'affole, elle ne peut pas me claquer entre les doigts.

- Qu'est-ce qu'elle a ? je demande à la vieille
- Elle n'a pas voulu manger, ni boire ces derniers jours, pour me sauver. Tu te barres en laissant trois fois rien de nourriture, tu es un assassin, un monstre, un putain d'enfoiré.

Elle ne m'avait jamais parlé comme ça. Entendre les mots "assassin" et "monstre", me pique le coeur. Je ne suis pas du tout ce genre de personne. J'ai juste des problèmes de violence à régler, mais rien de grave. Pourtant, là, elle paraît morte, par ma faute. Je cours lui chercher de quoi manger, et boire. Elle n'est pas morte, mais elle est très faible. Madeleine a de sacrées marques au visage, et je remarque les bandages faits avec des manches de t-shirt. Lou-Anne l'a sauvée, et s'est mise en danger. Finalement, il n'y avait peut-être pas assez de nourriture pour les sept chats. C'était juste, et voilà le résultat.

- Franck, elle ne t'emmènera pas voir notre fils, jamais. Tu ne peux pas la garder ici infiniment. Sa famille doit sombrer, perdre un enfant tu sais ce que c'est. Alors pourquoi tu infliges ta douleur à une famille qui n'a rien demandé ? Lou-Anne est une gamine en or, elle m'a sauvée, elle rend heureux notre enfant qui ne l'aurait pas été avec nous à cause de tes problèmes de violence. Laisse-la le retrouver, avant qu'il ne devienne le même monstre que toi. S'il te plaît. Moi je reste pour que tu puisses te défouler, si tu veux. Ma vie est terminée, la sienne commence. Imagine si un taré séquestrait notre fils ?

Elle n'a pas le droit de me parler de mon fils, en disant que c'est le nôtre. Elle n'a pas d'enfant, moi oui. Elle a encore moins le droit de dire qu'il n'aurait pas été heureux avec moi. C'est faux. Le deal ne me va pas. Je garde la vieille et mon malheur, tandis que la blonde repart avec ses amis, sa famille et mon fils ? Hors de question. Elle finira par parler. C'est vrai que si un monstre séquestrait mon fils, je deviendrais fou. Suis-je alors un monstre ?

Richard Gonin

Gastes est sombre, aux couleurs du deuil. Le jour est triste. Il y a un an, la ville a perdu une petite fille. Tu étais souriante, généreuse et à l'écoute des Gastais. Une fois, tu as aidé ma mère pour porter ses courses, et ma fille quand elle n'avait pas la moyenne en maths. Tu proposais toujours tes services, sans contrepartie. Ton temps libre était limité, avec ton boulot qui montre encore une fois que tu es dévouée, et toujours au service des autres. Ton fiancé est là, aux côtés de ton père. Ils vacillent tous les deux. C'est une marche douloureuse, plus que les autres fois. Un an, c'est une étape. Il faudra bien un jour que ton grand frère et ta mère acceptent que tu ne fais plus partie de ce monde. Mais j'imagine que c'est au-dessus de leurs forces pour le moment. J'espère que personne ne te suivra dans ta malheureuse chute. La police finira par retrouver ton assassin, je l'espère. Tu ne méritais pas une telle fin, la vie est injuste. L'église résonne, il est midi. On avance avec la lenteur des jours de deuil, comme si l'on portait tout le malheur avec nous, sur notre dos. Je suis ici par compassion, pour tes braves parents, mais aussi parce que tu étais un rayon de soleil à Gastes, qui ne brille plus depuis un an. Je dépose des fleurs, et je rentre au chaud, car les giboulées de mars ont encore frappé cet après-midi.

Clara

Samuel commence à réaliser que tu ne reviendras pas. Il sombre, je l'ai retrouvé ivre hier soir. Je vais le signaler à ta mère, elle saura s'en occuper. Moi, je suis désolée, mais je n'ai plus le temps. J'ai tout fait pour lui, pour qu'il garde la tête hors de l'eau pendant un an. Mais il était dans le déni, et aujourd'hui je n'ai plus la force de le relever. Je suis triste aussi, tu étais mon amie. Mais la terre, elle, continue de tourner pendant que tu t'éclipses. Moi, j'ai encore un travail, une famille, et des factures à payer. Je n'ai plus le temps, je dois avancer, sinon je tomberai, comme Samuel. J'ai choisi de me battre, parce que moi je suis toujours là. Isabelle saura s'occuper de ton fiancé, ma Lou-Anne, promis je ne te lâche pas, je demande juste un relais.

8 mai 2019

Isabelle

Samuel vit chez nous depuis trois mois. Je fais tout mon possible pour le maintenir à flot, mais il perd espoir. Sans espoir, tu meurs. Moi je crois toujours à ton retour, c'est ce qui me fait tenir. Ton fiancé était beau, déterminé, travailleur, gentil, mais depuis que tu es partie, il n'est plus que l'ombre de lui-même. Il sombre dans l'alcool et la drogue. C'est une belle personne que la vie a foutu en l'air. C'est injuste. Je suis en colère lorsque je rentre et que je le vois sur le canapé, comme la veille et l'avant-veille. Il ne fait rien car il n'a plus les pieds sur terre. Nos discussions sont vaines, il a baissé les bras. Ton père a perdu son tact et sa patience. Ils se sont encore fâchés hier soir, comme toujours. Pierre n'a pas de coeur. Il lui parle sans prendre en compte les circonstances. Moi je le comprends, malgré tout. On t'a perdu, mais lui aussi. Il t'aime, il renaissait depuis que tu l'avais sauvé. Tu es notre fille, mais tu es sa fiancée. Je te promets de veiller sur lui et de le soigner autant que possible. Je l'héberge aussi longtemps qu'il le faut, il est de la famille. Ton frère passe le voir, ils sortent ensemble parfois, je crois que ça lui fait du bien. Sonia n'est pas venue nous rendre visite depuis trois semaines. Elle ne supporte pas de voir ta chambre, tes affaires, ni sentir ton odeur. Tu es encore partout. Nous sommes le 8 mai 2019, le muguet est en fleur, mais toi tu ne brilles pas sous le soleil sortant. Toi tu te caches quelque part en attendant que l'on te sauve. Je suis démunie, je ne peux qu'espérer, et attendre.

Lou-Anne

Je pense à ma mère. Elle doit être envahie par la haine et la tristesse. Notre relation a toujours été particulière. Je la soutenais, autant qu'elle me soutenait. Notre entente allait dans les deux sens. Mais c'est elle ma mère, pas l'inverse. Je sais qu'elle doit avoir le coeur déchiré, et à peine la force de manger. J'espère qu'ils se soutiennent, et qu'ils croient que je suis en vie. Je n'ai pas dormi, je ne pense qu'à ma famille. Je croise les doigts pour que Samuel n'ait pas rechuté dans la drogue et l'alcool, et qu'il est assez fort. Mon père ne sait pas exprimer sa colère ou sa tristesse. Il paraît souvent froid et insensible, mais il peut faire n'importe quoi, car au fond, il souffre. J'espère qu'il ne va pas sombrer dans la dépression ou penser à des choses horribles. Mon frère est si fragile et proche de moi, je sais qu'il espère que je revienne. Tout le monde doit le prendre pour un fou, mais il doit se battre et y croire. Cette nuit m'a fait réaliser que je devais me battre, quitte à mourir. Jusqu'ici je n'ai rien fait, j'ai subi. Je ne veux plus subir. J'ai perdu trop de temps, fait trop de mal autour de moi, par peur de ce que pouvait me faire Franck, mais c'est fini. J'en ai marre, j'ai décidé d'élaborer un plan. Il est temps de se confronter au vrai danger, et ne plus subir sa colère, sa violence et son intimidation. J'ai fait l'école de police, j'ai connu le harcèlement, les remarques sexistes, les attouchements dans la rue, je suis une fille, et une flic. Je me suis toujours battue pour avoir la parole, pour avoir les mêmes droits que mes collègues, et aujourd'hui je la ferme ? Hors de question, je ne suis pas de celles qui ont la trouille. Je suis Lou-Anne Sommelier, j'ai un nom de connaisseur, je dois me comporter en connaisseuse. Je sais que Franck est instable, violent, ingérable, lui même ne se maîtrise pas. C'est dangereux pour lui, comme pour nous. C'est son point faible, mais aussi son point fort, car je le crains. Il n'est pas intimidant, ni du genre à torturer. C'est juste qu'à tout moment, il peut péter un câble et tirer dans le tas. Il pleurera, et regrettera, mais il l'aura fait. Je dois trouver une solution, et réfléchir à contrer ses actions, en jouant de ses points faibles. Ces derniers jours, j'ai failli y passer. Je ne mangeais plus pour que Madeleine se requinque, et résultat, j'étais déshydratée, et en hypoglycémie. Il m'a sauvée. Je suis la seule personne qui peut le mener à son enfant. Maintenant que je suis sur pied, je dois agir.

Pierre

Je rentre chez moi. Le travail a été une souffrance, même si mes collègues sont indulgents. Je serai toujours vu comme le père dont l'enfant a disparu. A l'usine, ils me tapent sur l'épaule, ils me font la bise, ils me proposent d'aller boire un verre, ils baissent les yeux quand j'arrive. Ma vie ne sera plus jamais la même, car je suis rappelé à l'ordre à chaque fois que j'essaye d'oublier que ta disparition est un fardeau. Ton fiancé est affalé, les deux pieds sur la table basse. Les cadavres de

bières longent le sol, les paquets de chips, les seringues vides...
C'est une catastrophe, je ne peux plus.

- Lève-toi ! je lui dis

Il prend la peine de lever les yeux. Ils sont gonflés, rouges,
presque fermés. Il esquisse un sourire. Je ne sais pas
exactement sur quelle planète il est, mais je suis à bout de
nerfs. Je m'avance, le tire par le maillot, et lui colle une tarte
en pleine poire. Il tombe de tout son long sur le canapé qui
faiblit sous le poids, et se met à rire. Il saigne de la lèvre
inférieure, et sa pommette bleuit. Je recommence, l'attrape, et
le frappe au visage, dans les côtes, et aux tibias. Il ne rigole
plus. Sa bouche crache du sang, ses yeux sont clos. Je me mets
à hurler de douleur. Tu me fais trop mal ma fille, tu m'as tué.
Les Dieux n'ont pas encore accepté mon échange. Je vais les
forcer. Ce soir, je regarde ton fiancé, le visage ensanglanté et le
cerveau à des années lumières de la planète Terre. J'ai frappé
l'homme de ta vie. Je ne me reconnais plus. J'entends la porte
s'ouvrir, c'est ta mère qui entre.

Sonia

Je m'assieds sur le banc, j'attends Clément. Il arrive avec un
peu de retard. Son jean est troué, il l'a depuis des années.

- Tu n'as pas acheté de vêtements depuis combien de
  temps, Clément ? Regarde l'état de ton jean.

Il baisse la tête, et se rend compte qu'il y a plus de trous que de
tissu. Il m'avoue que cela fait plus d'un an, et je sais pourquoi.
Je ne relève pas, on parle.

- Comment va Côme ?
- Il grandit. j'ai l'impression qu'il a pris vingt
  centimètres en un an. C'est fou comme il ressemble à

81

papa. Sinon, je l'ai inscrit au rugby à Gastes, c'est lui qui m'a demandé. Je crois que ça lui plaît, mais il revient avec des bleus partout chaque vendredi soir ! se met-il à rire.

Rire, c'est un bien grand mot. On ricane, on sourit, mais on ne rit plus depuis longtemps. Côme est sage, heureusement pour Clément. Romane, la maman du petit, n'est pas souvent là. Ils sont d'ailleurs séparés depuis deux ans à cause de cette instabilité. Il lui a demandé de rester à Gastes avec lui et le petit, mais elle a choisi de suivre l'équipe de radio qu'elle dirige, aux quatre coins de la France. C'est un choix de vie. Je sais que Clément est vulnérable depuis, et qu'il est toujours amoureux de celle qu'il a voulu épouser. Romane est une femme débordée, qui vit pour son travail, mais une maman présente malgré ses déplacements. La nuit va tomber.

- Tu te souviens quand j'avais dix-sept ans, Loulou en avait dix, et toi cinq. On était allés à la plage vers Biarritz. Sur un passage piéton, on avait croisé un type qui insultait les filles en maillot de bain. Papa grognait. Loulou, elle était partie en courant, et elle lui avait tapé dans la cuisse de toutes ses forces. Le type a dû avoir un bleu ! Elle était haute comme trois pommes et maigre comme un clou, mais elle ne s'était pas laissée démonter. Papa et maman étaient morts de rire, et fiers d'elle.
- On aurait dû se rendre compte dès ce jour-là qu'elle allait emmerder tout le monde pour se faire entendre ! je dis en rigolant.

Ton souvenir est agréable. On se dit que ce n'est pas si vieux, puis on se souvient que c'est le passé, à jamais. On ne pourra que se souvenir de toi jusqu'à tes vingt-sept ans. Jamais plus, et ça me fend le coeur.

Franck

La petite frappait à la porte. Je dormais, et je ne suis pas du matin. Quand je suis entré, elle était debout, tant bien que mal. Ses yeux me montraient qu'elle avait changé. On y est ! Je pensais qu'elle allait craquer, me dire qu'elle m'y emmenait. Mais elle m'a surpris, je ne m'en suis pas remis.

- Vous êtes là ! J'ai eu tellement peur. J'ai fait un cauchemar, vous mourriez. J'ai réalisé que je me suis beaucoup attachée à vous Franck. Vous êtes comme un père pour moi, celui que je n'ai jamais eu. J'ai été élevée seule par ma mère, sans frère ni soeur. J'ai été malheureuse, mais j'aurais aimé que vous soyez mon père. Je suis heureuse de voir que vous êtes toujours là, en chaire et en os ! m'a t-elle dit en se tenant le coeur de la main droite, comme soulagée.

Je suis perturbé depuis ces paroles. Est-ce qu'elle dit vrai ? Une partie de moi me dit de me méfier, une autre a envie d'y croire. Me dire qu'elle aurait aimé que je sois son père me va droit au coeur. Je ne suis alors pas un monstre.

- Vous êtes un homme gentil, généreux, toujours là pour les autres. Je sais que vous ne me voulez pas de mal. Il est parfois dur de se contrôler. Vous avez des problèmes avec la violence Franck, mais je veux vous aider à vous soigner. Je vous promets que vous êtes comme un père pour moi, laissez-moi vous aider.

Elle m'attendrit, j'ai peur qu'elle me baratine. Je préfère claquer la porte, ses mots sont justes et bien trouvés. Je n'y crois pas, je ne suis pas prêt de me faire avoir par une gamine qui veut sauver sa peau.

Samuel

Ton père m'a mis une raclée. J'étais encore sur une autre planète, et je n'ai pas pu me défendre. J'ai senti passer les coups, mais pas la douleur. Le réveil me fait souffrir. Je vomis tout ce que je peux, jusqu'à me fendre les abdos. Ta mère est à mes côtés. Elle m'a nettoyé le visage, mis du désinfectant, aidé à aller me coucher dans ta chambre. J'ai tellement mal à la tête, je hurle de douleur. C'est le résultat écoeurant du mélange de ton absence, de la vodka qui redescend et des cachets. Je suis devenu un déchet, alors que je me suis battu un an sans toi. Mes démons ont surpassé l'amour que j'ai pour toi. Je suis un faible, incapable de se soigner pour la femme qu'il aime. J'ai essayé, mais rien que d'imaginer que ma vie pourrait être celle-ci, jusqu'à la fin si tu ne reviens pas, me donne envie de me shooter pour ne penser qu'à ton corps nu sur la plage et nos soirées d'ivresse, à deux. Le réveil est toujours le même, je suis seul. Je vomis une seconde fois. Mes paupières pèsent une tonne, je me rendors, en espérant qu'à chaque réveil, tu sois à côté de moi.

Madeleine

Lou-Anne tente le tout pour le tout. Elle va jouer la comédie. Si Franck la croit, il fera des erreurs en pensant qu'elle ne le trahira pas. Son objectif est de sortir du sous-sol, monter à l'étage et activer son téléphone. C'est gros, c'est risqué, mais elle n'a pas le choix. Si elle s'échappe, il l'aura rattrapée avant qu'elle ait eu le temps de trouver un voisin. Franck est très méfiant, il faudra du temps. C'est une policière, elle a repris du poil de la bête et ne compte pas se laisser faire. Il ne fait plus de bruit à l'étage, je discute avec ma colocataire de prison.

- On aurait pu se rencontrer au restaurant. Mon fils aurait le trac, je verrais sa petite amie pour la première fois. On aurait rigolé autour d'un verre quand il m'aurait raconté l'histoire de votre rencontre. Je sais que je t'aurais tout de suite appréciée.
- J'aurais aimé vous rencontrer dans d'autres circonstances aussi, Madeleine. Vous seriez belle, heureuse au bras de Dejan et pas couverte de bleus.
- Tu es une femme exemplaire. Je sais que mon fils est heureux avec toi, et protégé. Tu es forte, intelligente, et j'espère que tu réussiras à fuir notre maison de l'enfer.
- Je vous sortirai de là aussi. Vous savez, en venant ici je m'attendais à tout. Je vous ai imaginée tout le trajet. Toxico, jeune, ou trop vieille, en fauteuil roulant, charmante, mère de famille, épanouie, triste et seule... J'ai cru avoir tout envisagé. J'étais loin de la réalité. C'est vous qui avez eu un courage fou, et un amour inégalable pour votre enfant, puisque vous vous êtes sacrifiée pour le sauver.

Je verse une larme. Tout aurait pu être différent, mais la vie a décidé que je devais me retrouver coincée ici avec ma belle-fille, entre la vie et la mort. Je ferme les yeux, et prie pour que mon fils trouve la foi d'attendre sa femme.

Lou-Anne

Je parle de Samuel, et de ma famille à Madeleine. Elle est superbe, et se bat pour rester à mes côtés. Je suis attachée à elle. Je suis sûre qu'elle se serait bien entendue avec ma mère, malgré le fait qu'elles n'aient pas le même caractère. J'espère que mon plan va marcher, car Samuel me manque énormément. J'aimerais qu'on se marie et qu'on ait des enfants. Ses mains sur mon corps, sa bouche dans mon cou, son souffle dans mes cheveux, j'y pense chaque jour. Mon amour, mon bébé, je t'aime tellement. J'y pense le plus fort possible, et j'oublie cinq minutes que je meurs loin de lui. J'espère qu'il entend mes pensées, et que je lui donne assez de force pour garder la tête hors de l'eau. De toute façon, mes parents ne le laisseront pas tomber. Quand on sait qu'on a trouvé l'homme de sa vie, c'est difficile de s'en passer. Je suis prise au piège, loin de lui et de son rire communicatif. Je n'ai pas ri depuis des lustres, je n'ai pas pu le toucher, lui faire l'amour, ni même le prendre dans mes bras. J'ai été son étoile , je l'ai sauvé de la rue, mais il ne réalise pas qu'il m'a sauvée, lui aussi. Je suis comblée grâce à lui. Je ne pense plus au pire, ni aux échecs. J'avance avec lui, je me rends compte qu'il y a des milliers de personnes malheureuses. Il m'a touché dès le premier jour, et j'ai voulu l'aider, sans savoir que j'allais tomber amoureuse. Ses yeux m'ont séduite, sa voix m'a plu, et ses mains sur mes fesses m'ont envoûtée. J'ai peur d'oublier cette douceur et son visage, car le temps me paraît une éternité. Et si ses yeux avaient viré au noir, ses mains, doublé de volume et sa voix tombée dans les graves ? Ce ne serait plus mon Samuel. J'ai envie de pleurer tant son souvenir me fait mal, mais j'entends Franck qui descend. J'enfile le costume et je serre les poings pour me donner du courage.

- Comment vous allez ? demande t-il calmement.
- Bien ! je réponds pour nous deux.

Il est gêné, je sais qu'il a pensé à ce que je lui ai dit toute la matinée.

- Merci pour la part de gâteau, c'était excellent. Tu nous gâtes ! je reprends.

Je tente les compliments, et c'est un effort considérable. Faire semblant d'avoir de la reconnaissance pour ce type me foudroie à l'intérieur, mais je pense à ma famille. Il sourit. Je suis sur la bonne voie, ce Franck est un abruti.

- J'en faisais souvent quand j'étais jeune chez ma grand-mère. Elle disait que j'étais doué.
- Pourquoi n'avez-vous pas fait vos études dans cette voie ? Vous avez du talent, c'est vrai.
- Mon père m'a confié l'entreprise. Paul aurait dû la reprendre à son tour, mais mon fils a été abandonné.

Il perd son sourire. Je dois trouver à répliquer.

- Si je lui en parle, il acceptera peut-être. Lui qui rêve de son père depuis toujours, il serait fier de reprendre quelque chose qui vous appartient.

Je vois ses yeux briller. Il me croit, il boit mes paroles comme un enfant de six ans. Franck a vraiment un problème. C'est un psychopathe violent, et sot. Il sourit, et quitte la pièce. Je souffle un coup, c'était dur. Madeleine me félicite, je crois que j'ai marqué des points. Je suis petit à petit les étapes de mon plan.

Aurel

Je suis au commissariat. Hormis la première fausse piste que j'ai trouvée, ton ordinateur n'a rien donné. Le commandant Dumas ne veut plus que je m'acharne sur la première trouvaille. Peut-être qu'il a raison. Je réfléchis, je suis le seul qui ne te lâche pas. On toque à la porte, je ferme ton dossier.

- Salut. Je ne te dérange pas ? me demande Samuel.

- Pas du tout, entre. J'avais des questions à te poser.

Le premier interrogatoire avec ton ami n'a rien donné, puisqu'il dormait quand tu as pris la fuite. Où est-ce que tu as bien pu aller ?

- Je t'ai fait venir, parce que j'ai retrouvé une adresse dans l'ordinateur de Lou-Anne. Elle l'a cherchée les jours avant sa disparition, et l'a effacée de son historique. J'ai demandé à sa famille, ils ne connaissent pas. Peut-être que tu sauras me répondre, on n'sait jamais.
- Pourquoi est-ce qu'elle l'a effacée de son historique, cette adresse ? Dis toujours ! me répond-il
- Je ne sais pas, c'est ce qui me paraît louche... Est-ce que tu connais des gens, du nom de monsieur et madame Peynnot, qui habitent rue Maurice Ravel à Biscarrosse ? Tu sais, dans les champs, au milieu de rien, loin du centre.

Le visage de ton homme se ferme. Il me regarde avec effroi, bouche bée, et je comprends que j'aurais dû évidemment interroger Samuel bien plus tôt.

- Qu'est-ce qu'il y a ? Tu connais ? Parle Sam, ça peut être super important !
- C'est le nom de mes parents biologiques. C'est peut-être une coïncidence, je ne sais rien d'eux, sauf leur nom. Je n'ai jamais voulu savoir quoi que ce soit, mais ma mère adoptive avait fait des recherches, et trouvé leurs noms. Elle me l'a communiqué l'année dernière, pensant que je m'en servirais, mais je n'ai pas voulu. Biscarrosse ? Mais c'est à côté Aurel ! Pourquoi Lou-Anne aurait cherché l'adresse de mes parents biologiques ?

Je repense au type que j'ai arrêté. Il ne ressemblait pas du tout à Samuel. C'est peut-être un hasard, mais je dois creuser. Je comprendrais mieux pourquoi Lou-Anne aurait voulu aller chez eux, s'il s'agit des parents biologiques de Samuel.

- Vous parliez souvent de tes parents biologiques avec Lou-Anne ?
- Des fois. J'ai souffert d'avoir été abandonné, je hais ces personnes. Elle le sait, elle n'y serait jamais allée.
- Si, justement. Elle a voulu t'aider, comprendre pourquoi cette femme t'a abandonné. C'est Lou-Anne, si tu étais malheureux à cause de cela, c'est possible qu'elle ait voulu découvrir le mystère, et comprendre. Elle était folle de toi, elle aurait tout fait pour que tu sois heureux, je n'en doute pas.

Samuel ne dit plus un mot. Il se rend compte que ça tient debout, mais il est choqué. Tu voulais bien faire, mais tu es tombée sur ce malade et depuis, je ne sais pas ce qu'il t'a fait, mais tu n'es pas revenue. Je dois y retourner. Je ne sais pas pourquoi, mais cet élément me redonne espoir. Je laisse Samuel rentrer chez lui, et je cours partout pour trouver le commandant, et le supplier de retourner chez les Peynnot.

Isabelle

Samuel guérit petit à petit. Son visage reprend forme. Ton père dort sur le canapé depuis, je ne lui ai pas encore pardonné d'avoir perdu la tête. Au fond, je sais qu'il est trop malheureux pour savoir ce qu'il fait. Mais je hais les hommes violents. Si tu savais que ton père a blessé ton fiancé, tu serais folle de rage. Je le suis pour toi. Ce soir, Samuel rentre bouleversé. Je lui parle, mais il est ailleurs. Je vois qu'il n'est pas en train de planer, c'est autre chose. Il réfléchit, il se pose des questions.

- Tu penses à quoi ? je demande.

Il m'explique qu'il revient du commissariat.

- Aurel vous a demandé si vous connaissiez monsieur et madame Peynnot à Biscarrosse ?

C'est vrai qu'il nous l'a demandé il y a longtemps. Je ne savais pas qui c'était, mais apparemment, tu aurais chercher leur adresse. Je réponds que oui, et Samuel poursuit, les yeux plantés dans les miens.

- Moi, il me l'a demandé aujourd'hui, au cas où. Je ne sais pas s'il y a un lien, mais il y a deux ans, on m'a dit que mes parents biologiques s'appellaient monsieur et madame Peynnot.

Le silence retombe. Je cogite avec lui. Est-ce que tu serais allée voir les parents biologiques de Samuel sans le lui dire ? Je ne serais pas étonnée, je crois que son histoire tient la route. A toujours vouloir sauver tout le monde, tu t'es mise en danger. Qu'est-ce qu'ils t'ont fait ma petite fille ? Samuel m'explique qu'Aurel a bondi, et qu'il cherchait à reprendre l'enquête. Je sais qu'il ne te lâchera jamais, tiens bon.

Commandant Dumas

Aurel frappe comme un fou à ma porte. Il l'ouvre sans ma permission, et me déballe une histoire à laquelle je ne comprends rien. Une fois que je l'ai calmé, je lui demande de répéter. Il me parle encore de l'affaire Sommelier. Le lieutenant Sommelier était l'un de nos meilleurs éléments. Elle se donnait à chaque mission, elle ne lâchait rien tant qu'on n'avait pas de preuves. Depuis un an, elle n'est plus venue travailler. Sa disparition est inquiétante et mystérieuse, mais toutes nos recherches sont tombées à l'eau. Je ne sais pas où et dans quelles circonstances nous allons retrouver son corps, mais je peux comprendre que sans ça, sa famille et ses amis, comme Aurel Janet, ne pourront l'accepter. Je suis profondément attristé de la perte de ma collègue, mais je suis lucide et je sais qu'au bout de plus d'un an, les chances de retrouver un disparu sont très faibles, voire nulles. Aurel est jeune, il était son ami, et il n'arrive pas à l'entendre.

- Commandant, j'ai une information sur Lou-Anne Sommelier. Je viens d'interroger son fiancé, et il se trouve que monsieur et madame Peynnot, chez qui Sommelier s'est rendue en dernier, sont les parents biologiques de ce dernier. J'ai tout pigé. Lou-Anne, amoureuse et généreuse, décide de retrouver en cachette l'adresse des parents biologiques de son fiancé, qui souffre d'avoir été abandonné. Elle s'y rend pour mieux comprendre, et elle tombe sur Franck Peynnot. Il est taré, il perd les pédales, et elle se retrouve prise au piège entre les mains de ce prédateur.

Son histoire tient la route, mais il ne s'imagine pas qu'on va sûrement la retrouver morte. Je ne peux pas m'emballer. Franck Peynnot a déjà été arrêté et gardé plus longtemps que prévu. Il n'a pas la lumière à tous les étages, mais il n'a pas le profil d'un tueur ou d'un kidnappeur.

- Calme-toi Aurel. Rien ne prouve que ce sont ses parents biologiques hormis le nom, j'ai besoin de preuves, de papiers, tu comprends ? De plus, Peynnot a déjà été convoqué, on n'aura plus de deuxième chance, si on se rate, on pourrait avoir des ennuis pour abus. Il faut réfléchir.

Ce que je dis à mon collègue ne lui plait pas. Il n'est pas d'accord, mais si je l'écoute, on fonce une deuxième fois dans

91

un mur. Je fais mine de ne pas entendre ce qu'il me dit, mais son hypothèse vaut le coup d'être vérifiée. On a l'ADN de monsieur Peynnot, j'ai besoin de celui de Samuel.

Franck

Le sous-sol est calme. Lou-Anne ne fait plus d'histoires, et ses yeux n'ont plus peur de moi. Elle ne me fuit pas. Et si elle disait vrai ? Je suis quelqu'un de bien, et elle le sent. Je suis heureux de voir que j'aurais pu faire un bon père. Lou-Anne a l'âge de mon fils. Ses mots me touchent, elle me parle tous les jours comme si j'étais son père. Je la protège, je la nourris et m'en occupe bien. Madeleine tient le coup, même si je passe mes nerfs sur elle, parfois. Mais je dois reconnaître que depuis quelque temps, je suis plus apaisé. Je crois qu'une relation de confiance s'installe entre la petite et moi, une relation père-fille, elle avait vu juste. Je m'en rends compte maintenant. Est-ce qu'un père peut séquestrer sa fille ? Je vais faire un test, pour voir si je peux lui faire confiance, comme à ma propre fille. Je remonte, et je fais exprès de mal fermer la porte. Elle est entrouverte, et je resterai dans le salon pour guetter sans qu'elle ne s'en doute. J'allume la télé pour faire diversion, et j'espère qu'elle ne tombera pas dans le piège, car je serai déçu d'y avoir cru. Mais si elle tombe dans le piège, je serai aussi fier de moi de ne pas l'avoir crue tout de suite, et d'avoir évité de passer pour un abruti. Dans cette histoire, je me surprends. J'élabore des stratégies, je réfléchis, je ne suis pas aussi bête que les gens le pensent, et je le leur montrerai.

Catherine Salvato

Mon téléphone sonne. Je suis étonnée de voir le numéro de Samuel, il ne m'a pas appelée depuis des lustres. La dernière fois, il m'a dit que sa fiancée avait disparu. Il se battait pour gagner de l'argent et la demander en mariage dès son retour. Je suis l'actualité, je n'ai pas lu qu'ils l'avaient retrouvée. J'espère que ce n'est pas pour m'annoncer sa mort mais plutôt pour m'annoncer leur mariage. La petite Lou-Anne est venue manger ici quelquefois, mais nous avons déménagé. Mon mari souhaitait une retraite dans le sud, alors Samuel ne vient presque plus. Je l'appelle lorsque j'ai du temps, et que mon mari n'est pas là. Il me manque.

- Allô mon fils ! Comment tu vas ? Tu m'annonces ton mariage ? je lance fièrement.

Il a la voix qui tremble. Il s'excuse d'abord de ne pas m'avoir contactée ces derniers temps. Je l'écoute me raconter les horreurs qu'il a traversées, entre l'alcool et la drogue. Sa belle-mère l'aide à s'en sortir, mais c'est dur. Je suis attristée, je ne suis même pas là pour aider mon fils à traverser la pire épreuve de sa vie. Mon mari ne me laissera jamais le rejoindre à Gastes pendant quelques jours. Si j'impose Giuseppe en plus à Samuel, je l'achève. Je m'excuse alors à mon tour. Puis, il change de sujet. Ce qu'il me demande réduit mon coeur en miettes, pourtant je pensais y être préparée.

- Oui mon chéri, j'ai leur adresse. Je te l'envoie, tu pourras aller les voir, je comprends.

Je sais que mon fils a toujours souffert de l'abandon de ses parents. Sa mère a l'air de quelqu'un de bien, je l'ai vue une fois. Elle m'a donné son adresse pour la donner à Samuel quand il en parlerait. Je ne connais pas son histoire, mais rien n'excuse qu'elle abandonne son enfant. Samuel a été mon plus beau cadeau quand mes enfants ont quitté la maison et que mon mari était en mission tout le temps. Aujourd'hui il veut rencontrer ses parents biologiques, ça fait mal, mais je comprends. Nous raccrochons, et je lui envoie.

Samuel

Ma mère vient de m'envoyer l'adresse de mes parents. Ils habitent bien la campagne de Biscarrosse. Je n'ai pas fumé aujourd'hui, mais je suis abasourdi. Pourquoi tu as voulu aller leur rendre visite sans m'en parler chérie ? Ce sont des lâcheurs, ils m'ont abandonné. Je n'aurais jamais voulu les voir. Tu l'as sûrement fait pour moi, parce que mes cauchemars deviennent récurrents et le manque d'informations, parfois pesant. Tu es partie ce matin là, en pensant à moi, en voulant m'aider. Tu n'en es jamais revenue. Si ceux qui m'ont mis au monde, ont détruit ma vie en m'abandonnant, et recommencent aujourd'hui en te faisant du mal, je les tuerai. Mon sang ne fait qu'un tour. Je t'imagine, fière de toi, me regardant dormir avec amour en pensant à me faire plaisir. Tu n'es jamais revenue. J'en crève. La douleur frappe ma poitrine. J'ai détruit ta vie, je t'ai mise en danger, c'est encore de ma faute. Ta mère rentre, avant que je ne refasse une crise. Elle tente de me calmer mais je suis enragé. Jamais tu ne comprendras la douleur qui me transperce aujourd'hui, mon amour. C'est violent. Je la sens qui part de mon coeur déchiré, et qui se diffuse dans tout le reste de mon corps jusqu'à ce que les larmes ne soient plus suffisantes pour exprimer ma tristesse et ma colère. J'aurais un flingue, je me descendrais. Je respire difficilement, et je reste dans les bras de ta mère durant des heures, jusqu'à ce que mes yeux se ferment d'épuisement.

Sonia

Je suis venue manger chez papa et maman. Clément viendra demain. On évite d'être tous là en même temps, puisque ça fait repas de famille, et sans toi, c'est impossible. J'ai entendu Samuel se battre avec lui-même toute la soirée. Il était hystérique. Maman l'a calmé, il a fini par s'écrouler de fatigue sur ton lit d'adolescente. Tu lui manques trop, comme à nous tous. Hier soir il a craqué, moi c'était il y a une semaine. J'ai ressenti la même douleur que lui. Avoir le corps qui se plie sous la douleur, la douleur qui vient du coeur, c'est terrible. Je me suis retrouvée assise en pleine nuit dans la cuisine. Les murs ont des traces, les assiettes ont volé, j'ai tout envoyé valdinguer. J'ai perdu la tête la semaine dernière, et je me suis rendue compte ce soir que je n'étais pas la seule. Papa aussi a connu cette souffrance, mais il n'a pas frappé que les murs. Le visage de Samuel se souvient encore. Maman, Clément, Aurel, on va tous y passer tu crois ? Mais c'est destructeur. J'ai laissé une partie de moi dans ma cuisine ce soir-là. Je ne serai plus jamais une personne entière, cette partie-là ne reviendra jamais. J'y ai mis toute ma tristesse, tout mon amour pour toi, ma colère, ma culpabilité, mes questions et mes doutes, et mes souvenirs avec toi. Tout est resté entre le four et le placard à gâteaux, au milieu des assiettes cassées.

Aurel

Ce matin, Samuel m'a envoyé le message de sa mère adoptive. Madame Salvato l'a élevé jusqu'à sa majorité. Elle connaît l'adresse des Peynnot, car Madeleine la lui aurait confiée il y a des années, pour Samuel. On a donc la confirmation que tu partais à la rencontre du mal être de ton fiancé, ce matin-là. Je fonce voir le commandant Dumas, avec la preuve. J'espère qu'il va m'écouter et arrêter de me prendre pour un débutant. Je passe devant ton bureau, il a été vidé et donné à notre nouvelle recrue. Découvrir son arrivée m'a mis hors de moi. Tes affaires sont dans mon bureau, je les surveille jusqu'à ce que je te retrouve. Dumas me dit qu'on doit tout savoir sur Madeleine Peynnot, sa femme, avant de tirer des conclusions trop rapides. Je ne vois pas ce que l'on pourrait en faire, mais c'est vrai qu'aucune trace de la vie de cette femme n'apparaissent, elle est comme inexistante. Je retourne à mon bureau. S'il croit me décourager, il a tort. Je trouverai tout sur Madeleine Peynnot, et je retournerai dans son bureau, jusqu'à ce qu'on m'autorise à venir te chercher.

Lou-Anne

Mon plan fonctionne à merveille. Je sens que Franck me croit, mais évidemment, je savais qu'il allait vouloir me tester. A mon réveil, la porte était entrouverte. Le verrou du bas n'est pas fermé. Je l'ai de suite vu, je m'y attendais. C'est classique, il veut me faire confiance, mais doit avoir la preuve de mon honnêteté. Cet homme est vraiment nul. Il a réussi à nous garder coincées ici tout ce temps car la sous-nutrition et les armes nous ont affaiblies. Je suis plus forte maintenant, je donne tout ce qu'il me reste pour jouer mes dernières cartes, quitte à payer le prix fort. Je suis dégoûtée de devoir le regarder fixement dans les yeux en faisant semblant de ne pas en avoir peur. Je suis écoeurée de devoir lui parler tendrement, lui montrer des gestes d'affection et autres prétextes bidons pour qu'il tombe dans le panneau. Mais je pense à ma mère, mon frère, Samuel, et tous ceux qui m'attendent à l'extérieur. J'espère qu'ils m'attendent, sinon, je me serais au moins battue pour ma liberté, et ma dignité. Moi, on ne me prend pas au piège. Moi, on ne m'intimide pas. Moi, on ne me fait pas perdre de temps, et on ne me frappe pas. Cet homme me dégoûte, mais je prends sur moi. Je l'entends qui descend. Il doit être fier de voir qu'il peut me faire confiance. Je lui souris.

- Tiens, je viens de voir que j'avais oublié de fermer correctement la porte. Vous ne vous êtes pas enfuies ?
- J'ai remarqué, j'aurais pu, mais je me suis rendue compte que j'étais mieux ici. Je suis bien entourée, bien traitée, j'ai une amie et un père. Respirer le bon air et voir le soleil me manque, mais un jour vous comprendrez que vous pouvez me faire totalement confiance et je le reverrai.

Franck gobe mon histoire. Son sourire s'élargit, je lui ai dit exactement ce qu'il voulait entendre, même plus. Personne ne m'aurait cru, sauf lui. Il est le pire ravisseur de tous les temps. Mais je reste attentive. Sa folie et son intolérance lui font parfois perdre le contrôle et devenir très dangereux. Même s'il se met en danger en même temps, je ne veux pas encore risquer ma vie. Je préfère la jouer fine. Bientôt, j'espère qu'il acceptera ma demande, mais c'est encore trop tôt.

97

8 juin 2019

Pierre

Je me suis levé du mauvais pied, comme tous les 8 du mois. Je hais ce chiffre, à jamais. Je recommence à aller chercher le pain, me rendre chez Richard, le dépanner, aider mes anciens copains. Je suis condamné à ne plus jamais être le même qu'avant, mais je suis obligé de vivre si je ne veux pas m'écrouler. Après m'être rendu compte que j'ai défiguré ton fiancé, que ta mère m'ait jeté sur le canapé, j'ai décidé de me reprendre en main. Si tu me vois de là-haut, je sais que tu me préfères actif. J'en suis arrivé à coller mon poing dans la figure d'un membre de la famille, je crois que c'est ce qu'on appelle "toucher le fond". Maintenant, je peux rebondir. Je commence par remettre mes salopettes, et quitter le jogging. J'espère qu'on se comprend, et que c'est bien ce que tu attends de moi. En aucun cas je ne t'oublie, tu sais que c'est impossible. Et si un jour tu me vois heureux en sachant que tu es partie avant moi, sache que mon rire est faux. Rien ne pourra me rendre réellement heureux désormais. Je suis trop abîmé. La boulangère est contente de me revoir, elle m'offre un croissant. La voiture de Gonin avait besoin de mes soins, Patrick m'invite à l'apéro, il me prend par les épaules. Tout le monde est plus gentil avec moi qu'auparavant. Je veux dire, quand tout était normal. On me dit bonjour dans les yeux, on me tient la porte, on prend de mes nouvelles. C'est étrange et ça me met un peu mal à l'aise. Toi aussi tu as remarqué ?

Madeleine

Lou-Anne avance à grands pas. Elle est intelligente. Je suis sûre que la police de Gastes manque de personnes comme elle maintenant. La preuve, ils n'ont pas réussi à la retrouver alors qu'ils étaient juste au-dessus. Franck est doux comme un agneau. Il nous a cuisiné un tajine. On pourrait croire qu'on est une jolie petite famille qui vit paisiblement dans la campagne, si je n'avais pas le visage violet, les côtes cassées, et que nous ne jouions pas la comédie. Elle a amadoué l'ours, il est devenu vulnérable. Chaque piège qu'il lui a tendu, elle a su les détourner, et de manière formidable. Je suis admirative. Je sais qu'au fond d'elle, elle a peur, et qu'il la dégoûte. Lou-Anne ne se fera pas attendrir, elle. Il pourrait devenir le plus gentil des oursons, elle s'en méfiera toujours comme de la peste. En attendant, il se fait rouler dans la farine par la jolie blonde qu'il a tant dénigrée et sous-estimée. Même si la chute le rendra tellement fou de rage que j'en paierai le prix plein pot, j'ai hâte de la voir triompher. Les choses rentreront dans l'ordre. Elle reprendra sa place de Gastaise, auprès de mon fils et de sa famille qui l'attendent depuis déjà bien trop longtemps. Hier, elle a réussi à monter à l'étage pour la première fois. Il l'a laissée boire un verre de jus d'orange avec lui, soit disant pour renforcer les liens familiaux qui les unissent. Franck doit se faire soigner. Je sais que son enfance aux côtés de sa mère droguée et alcoolique l'a beaucoup perturbé, mais depuis que je lui ai enlevé Samuel, il est devenu fou. Il est devenu un homme violent par schéma reproductif. Sa mère le battait à la ceinture et l'enfermait des heures dans sa chambre. Il était jeune, et ce comportement se retrouve souvent chez les enfants plus tard. Il ne le contrôlait pas. J'ai cru que c'était une erreur au début, puis il ne s'arrêtait plus. J'ai préféré épargner mon fils, et j'en paye le prix depuis des années. Mais je ne regrette pas mon geste, même si mon enfant me hait depuis.

Franck

Hier, j'ai bu un verre de jus d'orange avec ma fille. Elle est charmante. Je peux lui faire entièrement confiance. Je suis un très bon père, et elle a su le voir malgré les crises de colère récurrentes. Je me suis calmé depuis. Si j'ai Lou-Anne, je n'ai plus besoin de Paul, ou Samuel, je ne sais plus. Elle n'a jamais fui alors que je laissais les portes ouvertes, jamais tenté d'appeler la police, rien. Elle est sincère, notre relation est saine. Je suis un homme heureux. Madeleine restera avec nous jusqu'à sa mort. Elle est bien amochée, elle ne devrait pas nous encombrer longtemps. Peut-être que Lou-Anne pourra racheter mon commerce un jour. Elle portera mon nom. Je n'aurais jamais pensé avoir une fille, mais j'en suis fier. Elle m'a dit qu'elle aimait le foot, les voitures, c'est comme un petit garçon. D'ailleurs, ce soir, il y a un match à la télé. Je l'inviterai à le regarder avec moi, pour nous rapprocher. La relation père-fille doit s'entretenir pour que ça dure. J'espère juste qu'elle ne me fera jamais de crise d'ado. Je repense parfois à la fois où j'ai failli la tuer. Je m'en veux, je regrette. Je vais devoir me soigner, pour ne jamais lui faire de mal, même si ses affaires traînent, qu'elle ne veut pas sortir au cinéma ou que ses cheveux sont sales. Évidemment, pas de petit copain, je suis son père et aucun autre garçon n'aura le droit de l'approcher.

Samuel

Ce matin, l'hôpital est vide. Il fait beau, les patients marchent dehors. Je suis tout seul dans ma chambre. On est le 8, c'est dur de sortir. Je ferme les yeux, assis sur mon lit. Je t'imagine encore parfaitement. Je t'ai apprise par coeur et imprimée dans ma mémoire. Je grignote des gâteaux en attendant le repas de midi, et je sors, vers la salle de réunion. Je ne parle jamais, mais aujourd'hui, c'est soit je parle, soit je replonge. Si je replonge, je déçois ta mère, qui paye les frais d'hôpitaux, je me déçois moi, et je te déçois toi. Alors, je prends la parole.

- Je m'appelle Samuel Salvato. Je ne parle pas souvent, mais aujourd'hui, je suis obligé, sinon je vais replonger, et c'est vraiment pas ce que je veux. Je sais que ce n'est pas le cas de tout le monde, mais moi je suis là parce que je l'ai choisi. C'est un bon début n'est-ce pas ? Il y a un peu plus d'un an maintenant, j'étais encore clean. J'étais heureux quoi. Tout ceux qui sont là sont des gens malheureux, parce que la drogue, c'est pour les faibles. Moi je suis devenu faible. Aujourd'hui, on est le 8 juin 2019 et ça fait un an et trois mois que la femme de ma vie a disparu. Elle me rendait heureux, je n'étais vivant qu'en sa présence. J'ai eu une enfance compliquée, et une entrée dans la vie adulte encore plus compliquée, mais tout le monde a le droit à une chance. Moi, ma chance, c'était elle. Elle est arrivée sur mon chemin, rayonnante, et elle a rendu ma vie bien meilleure. Personne ne peut imaginer à quel point mon existence a pris un sens à ses côtés. Elle s'appelle Lou-Anne. Je me suis levé un matin, et le lit était vide. Elle n'est jamais rentrée. J'ai sombré, puis je me suis relevé, pour elle. J'ai espéré des mois et des mois, qu'elle revienne un jour toquer à la porte de notre appartement. Mais le 8 mars 2019, un an après ce fameux matin, j'étais toujours seul, dans ce même lit. Je n'ai pas supporté. J'avais l'impression de faire tous ces efforts pour rien, qu'elle ne reviendrait jamais. J'ai bu, je me suis piqué, je suis devenu un fantôme. Mes amis m'ont lâché. Je n'étais plus qu'un déchet humain, qui ne foutait rien de ses journées et rêvait de sa vie d'avant à l'aide des cachets, des seringues et des bouteilles. Mais un soir, mon beau-père m'a rappelé à l'ordre et ma belle-mère m'a surveillé nuit et jour pour ne plus y toucher. La redescente a été terrifiante et très violente. Aujourd'hui, je suis là parce que je le veux, je le fais parce que, qu'elle revienne ou non, je ne veux pas qu'elle ait cette image de moi, même de là-haut. Être mort à l'intérieur n'est pas une excuse. Il faut se battre pour les autres, pas pour soi. Les drogués sont des égoïstes. Moi je ne veux plus être égoïste. Alors c'est un jour bien déprimant, mais je refuse de rechuter. C'est la seule fois que je parlerai.

Clément

Côme compte les jours avant les vacances. Ses quatre heures de cours dans la journée le fatiguent trop. Moi je pense qu'il se fatigue surtout à la récréation. Il m'a fait croire qu'il était malade, je l'ai habillé et emmené à l'école par la capuche. J'ai été un petit garçon moi aussi, il ne m'aura pas là-dessus. Ma mère est tombée parfois dans le panneau, mais pas souvent. Lou-Anne était rarement malade, alors qu'elle était souvent à l'extérieur, mélangée aux autres. Même son organisme est plus fort que le mien. Aujourd'hui, c'est le quinzième huit que je dois supporter. C'est dur, mais de moins en moins. Je n'ai pas perdu espoir, et ce sera le cas jusqu'à ce qu'on m'annonce qu'on a retrouvé ton corps, ou que tu frappes à la porte. Je continue d'aller marcher aux côtés de Richard, mais nous sommes de moins en moins nombreux. Les cent fleurs ont fané, les deux cent bougies se sont éteintes, il ne reste plus que les miennes, celles d'Aurel, des parents, de Sonia, et de Richard. Quelques Gastais continuent de venir se recueillir quand ils y pensent. Mes cauchemars se sont calmés, du moins, ce sont maintenant des rêves. Tu ne meurs plus dans d'atroces souffrances, tu rentres. Je ne sais pas si l'un est plus stupide que l'autre, je fais avec mon inconscient. Je déjeune en pensant à toi, comme chaque jour, quand on frappe à la porte. Lou-Anne ? C'est toi ?

Romane

Je frappe. J'espère qu'il ne va pas trop m'en vouloir de débarquer à l'improviste. Je ne viens plus ici depuis longtemps, on ne se voit que sur le quai de la gare, lorsque je

103

récupère Côme pour les vacances ou les week-ends. Mon travail me prend tout mon temps. J'ai choisi de vivre de la radio, à fond, et de mettre de côté ma vie familiale et amoureuse. Je sais que je le regretterai un jour. Mon fils passe les trois quarts de son temps avec son père. Je reconnais que je ne suis pas la meilleure des mamans, mais je fais ce que je peux. J'ai une passion, j'avais un rêve, et quand l'opportunité s'est pointée, j'ai dû faire un choix difficile. Dans les deux cas, je gagnais autant que je perdais. Une famille mais un métier que je déteste et le souvenir de cette opportunité de rêve, ou un métier qui me fait vibrer mais une famille mise de côté. J'ai choisi la radio, en pensant que je verrais quand même assez souvent mon mari et mon fils, même si c'était moins. Mais Clément n'a pas supporté l'éloignement, et mes horaires ne me permettaient pas de combiner les deux. Côme est très heureux avec son père, alors je n'ai pas regretté tout de suite. Aujourd'hui, j'aime toujours autant mon métier mais j'ai loupé la moitié de la vie de mon fils et je suis une femme célibataire à trente-deux ans, amoureuse de son ex-mari. Il ouvre. Sa tenue de pyjama me rappelle nos dimanches au lit après une soirée sportive et fantastique.

- Bonjour Clément. Je suis de passage, je ne te dérange pas ?
- Tu veux que je te laisse Côme pour le week-end ? me demande t-il surpris.

Clément m'en a toujours voulu, mais il ne m'a jamais fait la guerre. J'ai le droit de voir mon fils quand je le souhaite, il ne m'en empêchera jamais.

- Non, en fait j'aimerais qu'on passe le week-end tous les trois, comme quand il était tout petit. J'ai mon week-end de libre pour une fois, qu'est-ce que tu en dis ?

J'ai travaillé cette intro toute la nuit. Clément me fait toujours autant d'effet, il est le seul homme que j'ai aimé. Le père de mon enfant prend quelques secondes pour réfléchir, puis accepte sans grande conviction. Je suis soulagée mais pas entièrement comblée. En même temps, à quoi j'aurais pu m'attendre d'autre ? Il est déjà bien gentil d'accepter.

Lou-Anne

Franck est en haut. J'attends la prochaine invitation pour monter chez lui, et je passe à la suite. Il a confiance, maintenant j'agis. Son poste radio fait trembler les murs du sous-sol. Nous avons discuté avec Madeleine. Elle pense seulement jouer un rôle dans cette histoire en veillant sur moi, mais elle ne sait pas que je compte la sortir de là. Si j'avais dû me trouver des liens familiaux avec une personne ici, ce serait avec elle, jamais Franck. Elle me fait beaucoup penser à toi mon amour. Elle adore les coquelicots. Tu te souviens, tu m'appelais comme ça. Je détestais, mais aujourd'hui je donnerais tout pour t'entendre me le chuchoter. La radio se coupe, les marches grincent. Je mets le masque, Madeleine aussi, et la porte s'ouvre.

- Lou-Anne ? m'appelle t-il. La France joue contre les Etats-Unis ce soir. Tu veux venir regarder le match avec ton père ?

Je saute sur l'occasion, mon plan va pouvoir prendre vie. Soit ça passe, soit ça casse. J'accepte, échange un dernier regard à Madeleine au cas où ce soit la dernière fois que je la vois, et monte les escaliers derrière Franck, heureux. Le salon est rangé, la télé allumée sur la chaîne du foot, les lumières éteintes. J'ai peur. Si mon plan échoue, je suis morte ce soir. Cette peur-là m'a fait subir et non agir durant je ne sais combien de temps. Trop longtemps en tout cas. Je refuse de subir un soir de plus. Je refuse d'avoir dû accepter ses accolades "paternelles" sans pouvoir profiter du plan que j'ai élaboré jusqu'ici. Les pâtissiers espèrent que derrière, leur crêpe est bien dorée. Moi, j'espère que Franck est bien amadoué. Un chien en laisse peut se retourner et te mordre le mollet, ou filer droit. J'espère que ce soir, Franck va filer droit. Le match commence. Il me parle, les jambes croisées à côté de moi. Son air qui m'avait paru attendrissant le premier jour, me fait peur aujourd'hui. C'est la mi-temps. Les équipes rentrent au vestiaire, c'est là que tout va se jouer. Si le mental est bon, si le discours et les gestes sont justes, la deuxième mi-temps devrait bien se passer. Si l'équipe faiblit et ne suit pas les consignes, c'est l'élimination. Franck se lève, il me propose à boire. C'est le moment. J'accepte un café long, avec du lait, et du miel. Il rentre en cuisine. Il faut que mon mental et mes gestes soient bons, car si je faiblis, c'est l'élimination pour moi aussi. Je me lève doucement. Son téléphone me fait de l'oeil sur la table. J'entre en scène, et je compose le numéro du commissariat de Gastes. Deux bips, la cafetière coule, mes mains tremblent. Trois bips, Dumas décroche.

- Vous aviez vu Franck qu'il y avait un joueur avec le même nom de famille que moi dans l'équipe des Etats-Unis ? Sommelier, c'est rare.

Je n'ai qu'une demi-seconde pour raccrocher, et reprendre ma place. Franck est vigilant, il débarque tout de suite si je parle. Comme je l'avais prévu, il sort sa tête de la pièce du fond, en une seconde. Je suis à ma place, le coeur qui bat à mille à l'heure. J'ai fait tomber un magazine en passant. Il ne fait pas de bruit, je n'ose pas me retourner car ma respiration est trop forte. Il s'avance.

-   Je ne vois pas.
-   Ah non, pardon ! C'est Sargent ! Je n'ai pas mes lunettes. Quelle idiote ! je rigole faussement.
-   Tu as besoin de lunettes ? Je vais t'en acheter si tu veux.
-   Si c'est possible, j'en serais ravie ! Je ne vois plus grand chose de loin. Merci papa ! je lance.

Il retrouve son sourire, et repart chercher mon café. J'espère que Gastes m'a reconnu, qu'Aurel travaille ce soir, et qu'ils vont comprendre les allusions à Franck. Je prie de toute mon âme, et je n'ai qu'une envie, redescendre retrouver Madeleine. En plus, je n'aime pas le foot.

Aurel

Dumas débarque comme un dingue dans mon bureau. Il a reçu un appel. Je l'écoute. Une fois, deux fois, dix fois. Je sèche mes larmes de joie, préviens tout le commissariat, leur demande de ne rien dire à personne tant que Lou-Anne n'est pas dans mes bras, en vie. On s'équipe. J'enfile ma tenue comme si c'était ma première intervention. Mon coeur bat la chamade. Le commandant Dumas est dans le même état. Avant de partir, on réécoute.

-   Vous aviez vu Franck qu'il y avait un joueur avec le même nom de famille que moi dans l'équipe des Etats-Unis ? Sommelier, c'est rare.

Que c'est bon d'entendre ta voix. C'est fantastique, et inespéré. Franck Peynnot. Je le savais. Depuis des mois je le tiens, j'aurais dû creuser plus. Je m'en veux, mais ce n'est pas le moment de me mettre des claques. Dumas me prend par les épaules avant de partir. Il me regarde dans les yeux.

- Janet, on se calme. Je suis dans le même état que vous, mais il va falloir se calmer. On doit la jouer fine. Elle est peut-être en danger, il l'a peut-être grillée, on ne sait rien. On doit être prudents et ne pas tout faire foirer. Peynnot est un abruti mais si Sommelier n'a pas pu lui échapper depuis tout ce temps, c'est qu'il est redoutable d'une certaine manière.

Il a raison. On s'attrape, on s'enlace et on souffle. Un, deux, trois, on y va. Les voitures démarrent, les sirènes se taisent, pour être discrets. Vingt minutes en voiture normale, dix en voiture de police. La route est déserte, on en profite. Je n'ai jamais ressenti ça. Je suis fou de joie, et en même temps, tellement terrifié. Et si c'était trop tard ?

Madeleine

J'attends depuis une heure, je n'ai rien entendu. Je suis allongée sur la moquette, je prie le bon Dieu que tout se passe bien pour elle. Le temps est long, j'ai peur. La télé ne résonne plus. Et s'il l'a chopée en train d'appeler ses collègues ? Il aura peur et se sentira tellement trahi qu'il n'hésitera pas à la tuer dans la foulée. Samuel si tu es croyant, aide-moi à prier pour l'amour de ta vie. Elle s'est retrouvée dans ce piège pour toi. Elle risque encore sa peau aujourd'hui pour te retrouver. Le diable en face d'elle, je suis désolée de t'annoncer que c'est ton père. Mais ne t'en fais pas, tu n'as rien à voir avec lui. Tu es comme moi, alors s'il te plaît, entends-moi et prie pour elle.

Isabelle

Cette nuit, c'est pire que les autres fois. Je ne dors plus vraiment, mais là, je ne peux même pas fermer les yeux. Je sens que mon coeur s'emballe, et mes mains sont moites. Je ne crains rien, je suis chez moi, pourtant j'ai peur. Est-ce que c'est toi ma petite fille ? Tu es en danger ? J'ai l'impression que plus rien ne fonctionne chez moi. J'appelle Pierre, je suis terrifiée. Il bondit du canapé, et accourt à mon chevet. Il ne dormait pas.

- Qu'est-ce qu'il t'arrive ?
- J'ai mal, j'ai chaud, j'ai peur ! Il arrive quelque chose à Lou-Anne, Pierre, elle est en danger ?

Mon mari me prend dans ses bras. Je crois que je délire. La folie m'atteint, alors Pierre décide de m'emmener à l'hôpital.

Clément

Romane dort dans mon lit, j'ai pris le canapé. Elle voulait que je reste, j'ai refusé. Son arrivée m'a beaucoup surpris, j'ai hésité, mais Côme était tellement content. Je ne sais pas si c'est une bonne idée ce week-end. Notre fils va croire que nous sommes redevenus une famille normale, alors que c'est faux. Je suis toujours un papa en cours de divorce. On n'a pas pris la décision de divorcer tout de suite, même si c'était déjà fini. La procédure est donc encore plus longue. Je ne peux fermer les yeux, cette femme me retourne encore le cerveau. Mon téléphone sonne, il est tard. Je réponds, c'est mon père. Il me prévient que maman fait une crise de panique, ils foncent à l'hôpital. Quitte à ne pas dormir, je préfère être auprès d'elle, et loin de Romane. J'enfile mes vêtements de la journée, et mon manteau long car les nuits sont froides.

- Tu fugues ? se met-elle à rire.
- Pas vraiment. Ma mère est à l'hôpital, elle fait une crise de panique. C'est sûrement les effets secondaires d'une disparition.

Romane perd son beau sourire. Elle s'excuse, prend son téléphone et appelle la nourrice.

- Qu'est-ce que tu fais ?
- J'appelle la nounou, elle est là en cinq minutes, et je viens avec toi.
- Non, reste avec Côme, ce n'est rien.
- Clément, je viens avec toi.

Romane est presque aussi têtue que Lou-Anne, alors je ne cherche pas à la contredire. Cinq minutes plus tard, Ophélie veille sur Côme, et j'embarque Romane dans mon Range Rover.

Romane

J'espère que la mère de Clément se remettra vite. Je comprends sa réaction, qu'y a t-il de pire que de perdre un enfant ? Clément croit à sa réapparition. Je suis venue pour le soutenir, et être auprès de lui. Une épreuve pareille ne peut être surmontée seul. Je me dois d'être présente pour lui. Puis j'avoue, je suis mieux à ses côtés, que seule dans son lit. les urgences sont bondées. Les infirmiers courent partout, cherchent de la place dans les couloirs et demandent du renfort. Je n'aime pas les hôpitaux, et Clément le sait. Ce monde, ce bruit permanent et cette odeur de fin de vie m'angoissent. Je baisse la tête, j'essaye de surmonter ma respiration qui s'accélère.

- Pourquoi tu as voulu venir ? Tu détestes ça, regarde-toi.

Je lui réponds en lui tenant la main. Il comprend, et se tait. Sa mère est prise en charge au deuxième étage. On retrouve son père qui l'attend dans le couloir. Il fait de grands yeux lorsqu'il nous voit arriver. Clément lâche ma main.

- Bonjour, Pierre ! je dis silencieusement.

Il me salue d'un mouvement de tête, et serre la main de son fils avec tendresse. L'infirmière autorise les visites d'une personne à la fois. Pierre entre et je reste avec Clément. Il gigote, son talon gauche n'a pas touché le sol depuis deux heures. Je le force à le poser, en appuyant sur sa cuisse. Il me regarde et me sourit, je lui rends la pareille. Si je n'étais pas dans un hôpital pour soutenir sa mère qui fait une crise d'angoisse à cause de la mort de sa soeur, je lui sauterais dessus.

Lou-Anne

Le temps passe. La France tente de remonter au score. Franck remue la jambe. J'aimerais que la France marque pour qu'il se détende. On est à la soixantième minute, j'ai appelé il y a déjà quinze minutes. Peut-être qu'ils ne m'ont pas reconnue et n'ont pas compris mon appel à l'aide. Si j'échoue, comment est-ce que je vais faire pour le supporter, ne pas lui hurler dessus jusqu'à ce qu'il me tue, ou survivre dans ce trou ? L'échec n'était qu'une petite possibilité. Moi je pensais réussir. J'ai toujours cru en moi, et voilà, ça me joue des tours. C'est bien fait Sommelier ! A te croire au-dessus de tout le monde, tu dégringoles. J'ai les larmes aux yeux, je vais craquer. Je ne peux plus le supporter à côté de moi, je ne peux plus sentir l'odeur de son ignoble maison non plus. Je vais craquer si à la fin du match, je suis toujours dans ce trou à rat. Ce soir, soit je suis sauvée, soit je suis tuée.

Samuel

Les patients ont le droit de regarder la télé ce soir. Moi je m'en fiche. J'attends des heures sur mon lit, je pense à ce que je vais faire une fois sorti, aux cheveux de mon coquelicot qui me chatouillent le visage dès le matin, à mon grand café, supplément lait, et miel. Le temps passe plus vite lorsqu'on rêvasse. Je dors la moitié du temps, sinon je mange. Certains me parlent, mais je ne suis pas là pour ça. Ils ont fini par percuter. Si tout roule, je pourrais sortir d'ici ce soir. Aurel devait me ramener mais il est au travail, intervention de dernière minute... Clara s'est dévouée, elle me posera chez tes parents, et je roupillerai dans ton lit d'adolescente jusqu'à ce que ta mère vienne me réveiller de force. J'ai peur. Et si je ne suis pas encore prêt pour le monde extérieur tant que tu n'es pas rentrée ?

Sonia

Romane m'a téléphoné. Je rentrais d'une soirée copines où j'ai pu rire quelques minutes. Enfin, j'ai ri. Mais la dure réalité me frappe une fois de plus au visage. Une soirée ! C'est trop demander ? Maman a fait une crise, je fonce à l'hôpital. Sur le chemin, je me demande pourquoi est-ce que Romane est avec

Clément au chevet de maman. Les urgences sont toujours débordées, mais pour une fois, je ne m'y arrête pas. Lorsque j'étais sportive, les compétitions étaient tellement rudes, je finissais souvent dans cette foule. Mes parents attendaient des heures et des heures, que je ressorte avec une attelle. Entorses, fractures, béquilles, plâtres, bandages, j'ai tout eu. J'ai dû arrêter suite à mon opération des ligaments croisés, et la poursuite de mes études qui me prenaient plus de temps. Clément est entré dans la chambre, papa et Romane échangent quelques mots. Je m'installe silencieusement après avoir bisé chacun, et j'attends mon tour. Romane est magnifique dans cette robe. Je suis sûre que Clément l'aime encore. Il devra m'expliquer ce qu'ils faisaient ensemble ce soir. J'attends, comme aux urgences.

Commandant Dumas

Nous sommes en place autour de la maison. Les lumières sont légères, mais visibles. Je n'entends pas de bruit, c'est étrange. Cette maison est suspecte, même de l'extérieur. Nous nous positionnons en file indienne, armés jusqu'au cou, dos au mur. Je suis le premier car je gère l'opération. La tension se fait ressentir. Chaque intervention me donne des crampes au ventre. Celle ci est deux fois pire. Sommelier est une collègue et une grande perte pour Gastes depuis plus d'un an. J'aimerais qu'on la sauve, que sa famille reprenne vie, et que la ville tourne en couleur, même le 8 du mois. Je revois les marches, le noir, les bougies, les larmes, et je me dis que tout ne peut devenir qu'un mauvais souvenir si je réussis cette opération. Sommelier est incroyable, elle a risqué gros en nous téléphonant. Je veux qu'elle sache qu'on se comprend toujours, et qu'on ne la lâche pas. J'ai songé à casser la porte et surgir dans la maison, au risque qu'il tire dans tous les sens, ou frapper à la porte, au risque qu'il prenne Lou-Anne en otage sous son arme, ou prenne la fuite. J'ai fait le tour, aucune fenêtre ne me permet de voir la scène à l'intérieur. Je repense à l'appel. Elle parlait du foot. Le match commençait à vingt et une heures, j'étais déçu de le louper. S'ils le regardent toujours, on doit être à la soixante-dixième minute. Il nous reste peu de temps. J'imagine qu'ils sont assis sur le canapé, ce qui le retardera pour dégainer son arme. Le temps passe, et je ne veux pas échouer ce soir. Je respire profondément, fais signe à mes collègues, jette un regard tendre à Aurel, et enfonce la porte en hurlant.

- Police !

Clément

Maman était contente de me voir. Romane entre, et fait l'effet d'un antibio à ma mère. La robe, le fard à paupières, les mocassins, ses cheveux ... Elle a tout analysé et complimenté. Si elle avait pu lui dire que sa culotte était jolie, elle l'aurait fait. Elle a toujours adoré Romane, et voulu qu'on fonde notre famille, normalement.

- Bon, qu'est-ce que tu as eu maman ?
- Je ne sais pas, chéri. J'ai senti mon coeur s'accélérer, mes mains étaient moites, et j'ai eu très peur pour Lou-Anne, d'un seul coup. C'était comme si elle était en danger, et que je le ressentais. Mais tu sais, je deviens folle en ce moment. La vie sans ta soeur nous a tous fait perdre la tête.

Elle a raison. J'ai perdu la tête moi aussi. Si ce n'est que ça, je suis rassuré. Elle sera sur pied demain, et la vie sans ma petite soeur devra reprendre. Sonia m'a dit qu'elle était allée à une soirée entre copines avant de venir. Tout doit repartir, la vie doit continuer. J'espère un jour m'y faire, et recommencer à sortir moi aussi. Ce n'est pas demain la veille.

Clara

Je suis allée chercher Samuel. Il sortait de sa cure de désintoxication ce soir, et je suis la seule qui ai pu aller le chercher. Je ne veux pas lui parler, j'ai été trop déçue de le voir replonger. Je ne crois pas à ces conneries de désintox. J'y croirai quand il sera clean depuis des mois. Ce n'est pas quelques jours qui vont le faire changer. Il me remercie, et je le regarde monter les marches de la maison de tes parents avec lenteur. J'attends de voir la lumière de ta chambre allumée, puis éteinte. Je sais qu'il s'est endormi dans ton lit, et non pas aux côtés d'une bouteille ou d'une seringue. Il va tenir le premier soir, quand même. C'est étrange, je me fais la réflexion que la voiture de tes parents n'est pas là. Je suis trop fatiguée pour réfléchir, je préfère repartir dans mon lit. Sur le chemin, je croise le Scénic de ton père. Je lui fais des appels de phares, et descends la vitre.

- Vous étiez de sortie ?
- On ne sort plus Clara. Isabelle a fait une crise de panique, elle dort à l'hôpital.

La voiture de Sonia suit derrière celle de Pierre. Je prends des nouvelles de ta mère, et repars en direction de mon appartement en saluant ta soeur. Ne t'en fais pas, ton Samuel n'aura pas été tout seul très longtemps.

Samuel

J'ai été étonné de voir la maison vide. Je suis inquiet, Pierre et Isabelle ne partent pas souvent sans laisser de mot. La voiture de Clara a démarré dès l'instant où je me suis glissé sous les draps. Quelques temps après, j'en entends une autre se garer. J'ouvre la fenêtre, et me rassure en voyant les cheveux blancs de Pierre sortir du Scénic, et les roux de Sonia, sortir du Kangoo qui suit. Ils ouvrent la porte, et me racontent leur soirée. Ce n'est vraiment pas notre jour. La cause ? Toujours toi, mon amour. Ma vie et celle de ta famille est condamnée à être celle-ci pour la fin des temps. Ta mère qui perd la tête, bientôt ton père. Moi, je sortirai et je retournerai en désintox jusqu'à ce que la dose soit trop forte pour que je me relève un jour. Ta soeur ne pourra jamais sortir sans être rappelée à l'ordre par une triste nouvelle. Clément est absent, il restera dans le déni toute sa vie. Tu nous as condamnés à vivre comme des fantômes, mais je ne t'en veux pas. Je suis sûr que tu as croisé l'enfer de près toi aussi, où que tu sois. Mais si tu es passée de l'autre côté ma chérie, je suis persuadé que tu es bien loin des flammes, et qu'on prend soin de toi.

Madeleine

J'entends Franck qui crie de joie car la France égalise. Mais le bruit sourd qui s'ensuit ressemble à une porte qui se brise. La voix d'un homme me parvient, il crie "police". Je noue mes deux mains encore plus fort que tout à l'heure. Ils sont là. Tout peut bien se passer, comme complètement partir en vrille. Ce genre d'intervention fait souvent des dégâts, et pas toujours du bon côté. J'entends Franck qui parle, mais je ne sais pas ce qu'il dit. Lou-Anne pleure, elle hurle. J'espère qu'il ne lui fait pas de mal. Et s'il la tenait par le cou avec une arme sur la tête. Il est malin, il a peut-être senti le coup venir. Bon Dieu, je t'ai demandé de l'épargner. S'il vous plaît, s'il vous plaît. Je sue, tant je suis concentrée. Je tremble, tant je suis terrifiée. Je me mets en boule sur le lit, tant les hurlements résonnent dans ma tête. C'est l'horreur, je nage en plein cauchemar. Je me force à penser à Dejan. Il est le seul à pouvoir me calmer quand j'ai peur, et le seul à me soigner quand j'ai mal. Mais ce soir, tout est décuplé. Il me faudrait deux Dejan. Mais je n'en ai même pas un. Je perds peu à peu connaissance. Coup de feu. Je tombe à terre.

Franck

La France a marqué. J'explose de joie, presque en même temps que ma porte d'entrée. En une fraction de seconde, des dizaines de morceaux de bois sont projetés dans toute la pièce. Je me retrouve pris au piège entre une série d'hommes armés. Que me veulent-ils encore ? Je tente de garder mon sang froid, et de faire l'innocent. Lou-Anne s'est levée d'une traite, elle a eu tout aussi peur. Je sais qu'elle ne m'aurait jamais trahi. De toute façon, je l'ai surveillée toute la soirée, elle n'a pas bougé. Je m'en sortirai, comme toujours.

-   Ne t'inquiète pas ma chérie, c'est une erreur.
-   A genoux monsieur Peynnot, c'est terminé.
-   Que me voulez vous encore ? J'ai payé le prix fort pour ma consommation de cannabis, je suis irréprochable. Vous avez cassé ma porte toute neuve, elle était sur

117

mesure, et vous me dérangez en plein match avec ma fille, c'est...

Je suis coupé par les larmes de Lou-Anne. Elle se tient le ventre et se met à hurler.

- Laissez moi aller voir ma fille, elle a mal quelque part !

C'est impossible. Je suis entouré de quatre policiers, ils me jettent au sol et me menottent en quelques secondes. Je ne sais pas comment va Lou-Anne, l'intervention m'a sonné. Ils étaient lourds, j'ai cru mourir sous le poids. Tout le monde crie, tout se passe très vite, et en quelques secondes, je suis hors jeu. Un coup de feu fait régner le silence. Je me sens tellement malmené par ces hommes, et sous le choc de voir ma vie basculer en un instant, que je ne réalise pas si la balle m'a traversé, ou juste effleuré.

Aurel

Nous sommes entrés de force. Il était de dos, assis sur son canapé aux côtés de Lou-Anne. J'ai reconnu ses cheveux tout de suite. Soulagé que ce soit bien elle, mes larmes se sont mises à couler instantanément. Il a tenté de nous embobiner de la même manière que la première fois, mais je ne voulais plus l'entendre. Lou-Anne Sommelier, disparue depuis plus d'un an, mon amie, était prise au piège chez cet enfoiré. Il la retient depuis tout ce temps, et l'appelle "ma fille". C'est un grand malade, un psychopathe, un enfoiré, un menteur, je ne veux plus l'entendre parler. Lou-Anne se met à hurler. Tout le bruit, toute la frustration, la colère, la peur, la tristesse, l'espoir et la hâte que j'ai accumulés depuis plus d'un an, sont ressortis, et j'ai tiré. Mes pieds n'ont pas bougé, mon bras est tendu, et la balle fait cesser tout ce rafus. Mes larmes inondent mon visage, mais je cours dans les bras de Lou-Anne qui se tient le ventre, à terre.

Sonia

Maman m'a fait peur, mais ne c'était pas si grave. Heureusement ! Je me lève boire un verre d'eau fraîche, et je tombe nez à nez avec Samuel.

- T'es souvent là tout seul en pleine nuit ?
- Oui, me répond-il comme si c'était normal

Je réalise que j'ai passé beaucoup de nuits dans ma cuisine moi aussi, ces temps-ci. Sa réponse n'est pas si incohérente.

- Je déteste cette horloge, le son est trop fort.
- Elle te rappelle que le temps passe trop vite, et que toi tu es là, les bras ballants dans ta cuisine, à tenter de contrôler la température de ton cerveau.

Ce mec est flippant. Ses yeux sont la seule chose que je distingue. J'ai froid dans le dos. S'il voulait me saper le moral encore plus qu'avant, il a réussi. Oui le temps passe, et la température de mon cerveau est incontrôlable. Je ne fais que penser à tout ce que tu rates de la vie, et que je rate en même temps que toi. Toute la famille a disparu le 8 mars 2018. Samuel n'est finalement pas flippant, il a juste disparu lui aussi. Nous restons là une bonne partie de la nuit, dans le noir, les bras ballants comme il dit, à nous rappeler au son de l'horloge que le temps passe, même sans toi.

Commandant Dumas

J'ai eu très peur, mais tout est terminé. Franck est à terre, et Lou-Anne est blottie dans les bras d'Aurel. Les séquelles psychologiques vont être lourdes. Elle hurle de douleur. Ses bleus sont récents, nous vérifierons sa santé physique dès que possible. Mes hommes traînent le coupable jusqu'à la voiture, et partent en direction du commissariat. Il risque d'y rester de longues années. Je souffle enfin. La mission était horrible. Les nerfs lâchent, mais je dois rester fort et guider Lou-Anne jusqu'à l'hôpital. On doit agir vite.

-   Aurel relève-toi. Emmène-là tout de suite à l'hôpital, les pompiers sont arrivés. Je te la confie, tu pars avec elle et tu ne la lâches pas d'une semelle.

Il obéit et se relève. Je prends la main du lieutenant Sommelier. Ses yeux croisent les miens.

-   C'est fini Lou-Anne. On vous a retrouvé, c'est terminé.

Je la regarde quitter la pièce au bras d'Aurel. Elle tente de parler mais n'y parvient pas. Je lui demande de s'épargner. Nous discuterons plus tard, on aura tout notre temps. Mon métier me provoque toujours ces frissons, cette peur, et ce bonheur inégalable quand une intervention se passe bien. Mais ce soir, tout est décuplé. J'analyse l'impact de la balle dans le mur, et les nerfs lâchent. Lou-Anne est tirée vers l'extérieur par Aurel, mais ses mots résonnent dans ma tête. Elle n'arrête pas de parler de "Madeleine". Que veut-elle dire par là ? Je suis crevé, je vais rentrer.

Nathalie

Il est tôt. Je me suis levée à quatre heures pour prendre le relais de mes collègues de nuit. L'hôpital est débordé en ce moment entre les grippes, les plâtres et la canicule. J'ai l'ordre de débarrasser la chambre 72, car un camion arrive en urgence avec un cas important. Je déteste faire partir les patients aussi tôt, mais j'ai bien compris les ordres. On n'a pas le choix. J'entre, la femme dort encore. Elle ouvre un oeil au son de la porte qui grince, et s'inquiète de me voir si tôt.

- Que se passe t-il ? Je rechute ? s'interroge t-elle
- Pas du tout madame ! Vous êtes en pleine forme. Un camion va arriver d'ici peu, avec une patiente en état grave. Nous sommes débordés, et nous devons lui trouver une chambre. Je suis désolée, mais vous êtes la plus apte à quitter l'hôpital. Je vous l'accorde, c'est trois heures plus tôt que prévu, mais nous n'avons d'autre choix. Sa vie en dépend. Le taxi sera en bas dans cinq minutes, une équipe vous y emmènera.

La femme est un peu chamboulée, mais elle ne fait pas d'histoire. Je déteste avoir à virer les patients de la sorte, mais elle est adorable. Je l'aide à plier ses affaires. A mon bras, elle descend les marches une par une. Sa chambre est libre pour accueillir le nouveau patient, j'ai fait mon travail. Le taxi s'éloigne. Nous rencontrons tout un tas de personnes dans cet hôpital. Dans la journée, nous passons d'une entorse à un viol, d'une chute à vélo à un trauma crânien, d'un malaise à un cancer, d'un coup de chaud à une violente insolation. Il faut être fort, même presque inhumain, alors qu'on côtoie l'humain toute la journée. A droite, le taxi s'éloigne, à gauche, les pompiers arrivent à toute vitesse. Les rues sont encore endormies. La sirène brise cet agréable silence. Je m'écarte pour laisser les brancardiers travailler. La jeune femme est blonde, des hématomes sur le visage, et des vêtements déchirés. A ses côtés, le policier est affolé. Je m'en charge, c'est mon travail. Il est cinq heures, l'hôpital s'active.

Romane

En rentrant de l'hôpital, Clément ne trouvait pas le sommeil. Nous avons discuté, et beaucoup bu. Ce matin, je me réveille dans son lit, à ses côtés. Il dort encore. J'en profite pour aller regarder mon fils dormir, et prendre ma douche. J'ai l'impression de participer à un avant-goût de ce qu'aurait pu être ma vie de tous les jours si je n'avais pas décidé de partir dans la radio. L'eau froide glisse sur mon visage. Rien de mieux après une telle nuit. Je passe voir Côme. Il dort comme un bébé. Sa chambre est rangée au carré, rien ne dépasse. On dirait son père. Je profite du soleil à peine levé pour sortir faire un tour en ville. Gastes est une petite ville, mais mignonne. On s'y sent bien. Les gens ont un accent qui te rend heureux dès le matin. Je passe à la boulangerie.
- Bonjour, trois croissants s'il vous plaît.
- Tiens donc, d'où venez-vous madame ? J'adore les touristes ! me lance la Gastaise.
Si j'étais restée, elle m'aurait dit - Tiens, salut Romane ! Comment tu vas aujourd'hui ? Tout le monde dort encore à la maison ? Allez, je te mets trois croissants, comme d'habitude ! - Mais elle a raison, je suis une touriste ici.
- Je suis la maman du petit Côme Sommelier.
- Ah oui ! C'est vous l'ex-conjointe de monsieur Clément. Bonne journée, embrassez le petit.

Elle perd son accent chantant. Est-ce que Clément a parlé de moi à toute la ville après notre séparation ? Je suis déçue, je rentre à la maison. Ils ont tous raison, je n'ai pas ma place ici. Cette vie-là me tendait les bras, je l'ai refusée. Maintenant, je dois en assumer les conséquences. Est-ce valable si les conséquences sont mon fils et mon mari ?

Aurel

J'ai laissé Lou-Anne aux hospitaliers. Ils s'en chargent, je ne peux plus la suivre. Je suis terrifié. En sortant, je me suis aperçu qu'elle avait des traces au visage. J'espère qu'il ne l'a pas blessée, sinon, je regretterai d'avoir visé le mur pour le faire taire, et pas directement sa tête. Une infirmière s'avance jusqu'à moi.

- Bonjour, on va s'occuper de la jeune femme, souhaitez- vous qu'on appelle le commissariat pour vous tenir au courant ? me demande t-elle
- Je suis un ami, pas juste un collègue. Je reste, merci.

Elle est levée de si bonne heure pour accueillir les patients qui font déjà la queue devant les urgences. Je n'ai pas arrêté de pleurer depuis que l'on est partis. Ce sont les nerfs qui lâchent, j'ai accumulé trop de mauvaises choses. Elle ne part pas, et j'en suis ravi. Je m'effondre à ses pieds, mes genoux touchent le sol. Elle me relève et m'emmène m'asseoir. Nous sommes dans une petite pièce calme. Elle me tend un café et des mouchoirs. Je n'ai pas eu besoin de lui expliquer quoi que ce soit. Je me calme, et respire profondément, en même temps qu'elle. Je me lance, j'ai besoin de parler.

- J'ai eu tellement peur. J'ai cru avoir échoué tellement de fois, je vous jure ! C'est elle qui m'a tout appris, je ne voulais pas la décevoir. J'ai réussi à la sauver. Elle est enfin de retour, je n'en reviens pas ! C'était inespéré, plus personne n'y croyait. Je vous en supplie, sauvez-là. Remettez-là sur pied rapidement, elle a du temps à rattraper, un mariage à préparer, des repas de famille en retard... Il faut la sortir de là, madame. Lou-Anne ne méritait pas de perdre autant de temps.

Elle change subitement de visage. Je crois qu'elle n'avait pas réalisé qu'on venait de retrouver Lou-Anne Sommelier, dont la ville ne fait que parler et pleurer depuis plus d'un an. Je lui attrape les épaules. Elle est jeune, on dirait moi. Sommelier faisait ça quand je paniquais.

- C'est nous les héros de ce monde. Les pompiers, les médecins, les infirmiers, les policiers, les gendarmes, les chirurgiens, les pharmaciens... J'ai sorti cette femme de l'enfer, mais là j'ai besoin que vous m'aidiez à guérir ses blessures physiques et mentales. Je suis à bout de force.

Je lui répète que ce sont nous les vrais héros, dans le silence, les "sans cap".

Franck

J'ai été mis en cellule provisoire jusqu'à mon procès et mon incarcération définitive, à vie. Je ne sais pas combien d'années de prison je vais devoir faire. Même si je savais que ce que je faisais était mal, je pensais que mes troubles psychologiques seraient pris en compte. Mais je vais payer le prix fort, ils n'auront pas de pitié. Il faut dire que kidnapper une policière n'était pas très malin. Mais je n'ai jamais voulu lui faire de mal. D'ailleurs, elle mangeait à sa faim, et avait parfois le droit au café. Si elle avait été moins têtue, on n'en serait jamais arrivé là. J'aurais pu être avec mon fils. Au lieu de cela, je suis derrière les barreaux. Je ne comprends pas comment la brigade a réussi à savoir que Sommelier se cachait dans le sous-sol de ma maison. Quoi qu'il en soit, ce commissariat est sale. Devant l'entrée, j'ai vu les fleurs et les bougies adressées à -*Notre chère Lou-Anne, partie trop tôt*-. Est-ce que tout le monde l'a crue morte ? Si personne n'a cru en elle, c'est qu'elle ne compte pour personne. Trois gardes sont postés devant ma cellule. Je suis le méchant et redoutable kidnappeur de jolies blondes. Attention, j'en ai encore dans le sac. Je me lève et tape aux barreaux.

-   Sortez moi de là, je n'ai rien à voir là-dedans.

La pointe d'un flingue se pose délicatement sur mon front. Je me tais, et me rassois. Rien n'y fera, je suis condamné à vie et interdit de parler. Je ne suis pas sûr de l'avoir mérité, mais ces flics sont fermés à la discussion. Peut-être que la blonde saura dire la vérité et me défendre. Je l'espère, sinon, c'est qu'elle m'a trahi.

Commandant Dumas

Je suis sur le chemin du retour, au dernier feu. Mais oui ! Quelle erreur ! J'active la sirène, je fonce à toute allure. Les voitures s'écartent, je les contourne, j'avance sans perdre de temps. Une faute pareille peut être fatale. J'arrive à la maison barricadée de bande jaune de la police. J'entre sans frapper puisqu'il n'y a plus de porte.

-   Madeleine ! je hurle. Madeleine !

Je l'appelle dix fois, mais pas de réponse. Lou-Anne tentait de me le dire. Elle est forcément ici. La femme de Peynnot n'est pas revenue le samedi où il l'a prétendu. Je retourne la maison une seconde fois, je démonte les meubles et les tableaux. Je tombe sur une porte. Comment avons nous pu rater cette cachette la première fois que nous sommes venus ? Lou-Anne était peut-être juste en dessous de nous il y a déjà bien longtemps, et nous avons perdu du temps. Je dévale les marches étroites. Je découvre cet endroit morbide. Aucune fenêtre, un frigo, un lit, un tapis. la vieille dame est inerte sur le sol, les yeux clos. Je la soulève à bout de bras et l'emmène jusqu'à ma voiture. Je l'allonge comme je peux sur les sièges arrières de ma voiture. Nous roulons à toute vitesse. Je dois me dépêcher, elle à déjà perdu beaucoup de temps et de sang.

Pierre

Il est six heures, le soleil sort à peine. Je me lève, et me fais un café. Samuel est déjà devant sa tasse, silencieux. A ses côtés, Sonia fait la même tête.

- On dirait deux fantômes, ça ne va pas ?

Les deux répondent que si, et deviennent les plus gros menteurs de l'histoire. Je les rejoins dans leur secte de personnes aux yeux rouges et shootés au café. Mon téléphone sonne. Je ne connais pas ce numéro mais je décroche, c'est peut-être l'hôpital pour Isabelle. J'écoute, mais je ne réalise pas. Ma tasse s'éclate en mille morceaux sur le sol, et le café jaillit sur les meubles en bois ciré du salon. Aurel me téléphone avec l'appareil d'une infirmière, car il n'a plus de batterie. Je dois prévenir toute la famille, mais je suis incapable de prononcer le moindre mot. Ma gorge reste serrée, tout le système est bloqué. J'ai imaginé cette scène une centaine de fois, mais je ne m'y attendais plus. J'ai l'impression d'avoir reçu une greffe de nouveaux poumons, qui tentent de fonctionner tout seuls. Je pense à ma femme à l'hôpital, à Samuel et Sonia dans la pièce d'à-côté qui ne sont plus que l'ombre d'eux-mêmes, et à toutes les nuits blanches que j'ai passées en me disant que ce jour n'arriverait jamais. Aurel me dit que tu as mal ma chérie. Tu dois te sentir tellement seule. Je raccroche, et prends une grande inspiration pour pouvoir l'annoncer à ta soeur et ton fiancé. Les scènes que tu as répétées mille et une fois sont souvent les plus dures à jouer quand c'est le grand jour. Tu te penses prêt, puis les mots restent bloqués et s'accumulent dans ta gorge. Je reviens dans la cuisine, aussi pâle qu'une boîte de *Vanish White*. Elle boit son café, il mange ses céréales. Je suis immobile face à eux, ils ne me remarquent même pas. Je suis le seul à savoir que leur vie va basculer dans deux secondes. Je prends plaisir à imprimer ce moment, et me lance. Court, cash, direct, fort.

- Elle est en vie.

Samuel

Ma respiration se coupe. Ces quatres mots résonnent dans ma tête, comme une boucle infinie. Mon sang ne fait qu'un tour, et met beaucoup trop de temps à monter jusqu'à mon cerveau.

- Elle est en vie ? je répète.
- Elle est en vie, redit-il.

C'est la plus belle chanson que j'ai entendue de toute ma vie. Je me lève, et prends ton père dans mes bras. Nous nous serrons de toutes nos forces, et Sonia nous rejoint. En attendant de retrouver tes bras, je trouve ceux de ton père et de ta soeur. On ne se lâche pas. Des litres de larmes dévalent mes joues, celles de ton père, et celles de Sonia. J'attrape mes

127

chaussures à la main, et porte ta soeur en chaussettes jusqu'à la voiture. Le taxi dépose ta mère devant la maison. Elle paye le chauffeur, et ton père la porte jusqu'à l'intérieur du Scénic. Nous pleurons et rions en même temps. Je ne peux m'empêcher d'avoir peur. Et si ce n'était pas toi ? Et si tu ne me reconnaissais pas ? Ta mère ne comprend pas tout de suite, mais imagine très bien. L'eau salée continue sa tournée, et ce sont ses joues qui se noient désormais. Le Scénic n'a jamais été aussi beau. On oublie tout, on avance vers une nouvelle vie en croisant les doigts pour que la vie ne nous plante pas un couteau dans le dos une deuxième fois. Pierre ne prend pas la direction de l'hôpital. On s'arrête dans le sud de Gastes, chez Clément. Sonia sort de la voiture à peine garée, et frappe de toutes ses forces à la porte de son frère. Une femme brune lui ouvre. Je ne sais pas qui c'est, mais elle s'empresse d'aller chercher Côme et Clément, visiblement encore en pyjama.

Nathalie

Aurel a eu le droit à un appel, pour téléphoner à la famille de la victime. Je ne connaissais pas Lou-Anne, mais Gastes tourne autour de ce drame depuis plus d'un an. Rien que d'imaginer ce que doit ressentir sa famille en ce moment même, me donne envie de pleurer avec Aurel. Il ne s'arrête pas. Je le prends dans mes bras, mais une sirène retentit et me fait sortir. Le commandant Dumas se présente et je l'aide à sortir le corps d'une femme ceinturée aux sièges arrières de sa voiture. Aurel nous aide. La vieille dame est inconsciente, et son pouls est très faible. Les marques qui recouvrent son visage, sont graves. Elle a subi de nombreuses agressions. Ce genre de cas me retourne l'estomac. Nous nous dépêchons, il faut monter le lit de la vieille dame, elle a besoin de soins dans l'immédiat.

- Lou-Anne a essayé de nous prévenir. Je l'ai compris sur le chemin du retour. C'est Madeleine Peynnot, elle est inconsciente ! s'exclame le commandant.
- Où était-elle ? renchérit l'autre.
- J'ai fouillé, j'ai tout détruit, et je suis tombé sur une petite porte qui mène à un sous-sol morbide. Un lit, un tapis recouvert de sang, et un frigo vide. Aucune fenêtre, rien. Elles étaient enfermées là-dedans. J'en ai mal au ventre, tu aurais vu cette cage, c'était horrible ! Un an et demi, Aurel ! Tout ce temps dans ce trou à rat avec cet enfoiré !

Les deux hommes s'enlacent. J'ai encore plus mal au coeur. L'ascenseur grimpe, nous allons brancher madame Peynnot aux machines, et commencer ses soins. Je l'installe, la branche, et la déshabille. Son corps est violet. Il n'y a pas un seul espace de peau beige. Je me retourne et ne peux me retenir de vomir. La violence m'a toujours rendue folle. Ses côtes sont fêlées, son visage est déformé, ses jambes, abîmées. Ma collègue prend le relais le temps que je retrouve mes esprits. J'ai le coeur en miettes. Elle pourrait être ma mère.

Clément

Romane est venue me réveiller, je pensais, de la pire des manières : en hurlant. Mais j'ai vite compris que c'était de la meilleure des manières : en m'annonçant ton retour. Je n'en reviens pas. J'ai mis du temps à réaliser, mais là, dans la voiture avec papa, maman, Sonia et Samuel, tous aussi rayonnants les uns que les autres, même au milieu des larmes, je réalise. Est-ce que ma petite soeur va enfin rentrer à la maison ? Je me déçois d'avoir baissé les bras. J'aurais dû croire en toi, tout le temps. Excuse-moi, petite soeur. Côme dort encore, même s'il est content au fond. Il est dans son siège, mais ne peut vaincre le sommeil. Il bave sur le bras de Sonia, qui exceptionnellement, ne dit rien. Romane a été chercher des croissants, on verra demain. Tu les mangeras avec nous. Mon instrument à eau se joint à la fanfare, et mes larmes ruissellent au même rythme éprouvant que celles des autres. Nos larges sourires les rendent plus belles. On est là, on arrive tous. Aurel est sur place. Romane n'a pas voulu venir malgré son soulagement, elle dit que c'est notre moment. Gastes pourra avancer en même temps que les autres villes, en couleur du premier au trente de chaque mois. Les fleurs resteront pour ceux qui ont quitté ce monde. Toi, tu n'y as plus le droit, ni aux fleurs, ni aux bougies. Tu fais partie de ce monde, en chair et en os. Attends que je vienne voir ça, je n'en reviens pas.

Lou-Anne

Lorsque la porte a explosé, mon coeur a suivi le mouvement. La scène dont je rêvais depuis si longtemps, est arrivée, enfin. Franck n'était pas armé, je savais qu'il était foutu. Pourtant, il a tenté de gagner du temps. Il parlait, il parlait, et je ne pouvais plus le supporter. Récemment, j'ai dû faire preuve de beaucoup de courage, de force, et de discrétion pour subir ses gestes, continuer le plan même si c'était long, et d'un seul coup... Ce soir, j'ai ouvert les vannes. Dès que Franck a été mis à terre, j'ai tout lâché. La douleur des derniers mois avait été mise entre parenthèses, cachées derrière le courage et la mise en scène que je préparais. Mais cette nuit, elle est revenue, deux fois plus forte et deux fois plus violente. Je suis tombée à terre, me tordant de douleur. Mon âme avait mal. Il m'a détruite, sans prendre de gants, et je me suis effondrée. Aurel m'a portée jusqu'à l'hôpital. L'air frais a caressé mon visage, je n'en revenais pas. C'était donc réel, j'étais sortie d'affaire. Je suis shootée à la morphine pour le moment, je ne sens plus rien. Mon corps flotte au dessus de l'eau, mais j'entends les infirmières défiler dans ma chambre. Je suis sous haute sécurité, personne ne s'approchera de moi.

Sonia

On traverse le parking et la route sans même faire attention aux voitures. Papa gare le Scénic. Je descends à toute vitesse avec Clément, Samuel et Côme dans mes bras. Nous ralentissons dans le hall d'entrée, un peu de respect. Mais j'ai envie de courir partout, de hurler ton prénom, de rire à m'en déchirer les abdos. Nous trouvons une infirmière. Elle nous demande de nous calmer. C'est hors de question. Je lis son badge.

-   Ecoutez Nathalie, on est désolé mais ce n'est pas possible. On vient voir Lou-Anne Sommelier, c'est quelle chambre ?

Elle nous sourit, je pense qu'elle comprend. Petite question de formalité :

-   Vous êtes de la famille ?

Sa soeur. C'est mon frère, mon neveu, et Samuel est son fiancé. Elle nous emmène jusqu'aux ascenseurs. On marche vite, elle suit le mouvement. Côme est ballotté et commence à se

131

réveiller. Désolé mon grand, je me ferai pardonner. On arrive dans un couloir immense. Je n'en vois pas le bout, mais d'un seul coup l'infirmière s'arrête. Chambre 72. C'est donc là que tu es. Nous nous prenons la main et une grande respiration. Problème, nous sommes vite arrêtés. Tu as besoin de repos, c'est trop tôt. Le médecin nous rejoint.

- Bonjour, docteur Gamal. Je m'occupe de mademoiselle Sommelier. Nos collègues policiers l'ont retrouvée cette nuit, elle est très faible. Elle a subi des violences physiques, mais surtout psychiques. Elle est sous haute dose de morphine, car elle ne supportait plus la douleur. Vous pourrez la voir dans l'après-midi si son état s'améliore. Vous comprenez ?

On comprend mais on a mal. Le moral redescend. Il faudra que j'attende encore combien de temps pour revoir ma soeur ? Tu es une star, même ta famille ne peut pas te voir. Bon, ce n'est pas grave, c'est même normal. Le médecin dit que tu as subi des violences physiques et psychiques. Mon coeur se fend en cent-soixante mille morceaux différents. Tu as dû vivre l'enfer en même temps que nous. Plus d'un an ? Je m'assieds, le moral dans les chaussettes malgré ton retour. Repose-toi ma soeur, on se revoit dès que tu es prête. Clément s'assied à mes côtés, tout comme Sam.

- Sa chambre est surveillée à toute heure de la journée. On veille sur votre soeur, et fiancée jusqu'à ce que vous preniez le relais. Elle doit d'abord se remettre sur pied. Je suis désolé.

Il s'éloigne. J'essaie de l'accepter et de le faire entendre aux autres. Samuel est abattu. Papa nous retrouve, avec le même sourire et la même démarche qu'un enfant qui arrive devant le sapin. Tu es son plus beau cadeau Lou-Anne.

Docteur Gamal

J'ai dû leur expliquer que leur soeur était blessée. Leurs larges sourires se sont vite effacés. Je n'aime pas faire ça, mais c'est mon métier. Je me devais de protéger ma patiente. Elle est sous morphine, et dans un état secondaire le temps d'oublier la douleur. Ses blessures sont traitées. Son mental, c'est une autre histoire. Je connais le malheur de cette petite. Je retrouve le commandant Dumas qui doit m'expliquer la suite, pour aviser le traitement.

- Bonjour docteur. Lou-Anne Sommelier était une flic de ma brigade. Elle disparaît le 8 mars 2018. Plus personne n'a de nouvelles. Nos recherches ne donnent rien. Hier soir on reçoit un coup de fil. C'était Lou-Anne. Elle nous a parlé en message codé. On a compris, on est intervenu. En une minute le ravisseur était à terre et Lou-Anne dans le camion des pompiers. Une balle, dans le mur. Pas de blessé durant l'intervention. Nous avons signalé des marques de violences physiques sur son corps. Elle s'est tordue de douleur une fois le suspect détenu entre les mains de mes collègues. J'ai trouvé ensuite dans le sous-sol de cette maison, une seconde femme. Il s'agit de Madeleine Peynnot, la femme du ravisseur. Elle était inconsciente, dans un état très grave. Le lieu de la séquestration était morbide, sale, invivable. Un seul frigo, vide. Une porte qui ferme à double tour et seulement de l'extérieur. Pas de fenêtre, un lit et un tapis recouvert de sang. Nous analysons pour savoir à qui il appartient. J'aurai besoin de nouvelles de la vieille femme, s'il vous plaît.

Le compte rendu du commandant me reste en tête. Ces femmes ont connu l'enfer. Je me précipite jusqu'à la chambre de la vieille dame retrouvée au sous-sol. Le commandant reste à l'extérieur. Je retrouve Nathalie, l'infirmière. La scène est choquante. Les tâches violettes ont transformé son corps. Certaines sont de la semaine dernière, d'autres d'il y a des mois, certaines, des années. Les examens ont révélé un nombre incalculable d'hématomes, de fractures et de déchirements osseux. Comment fait-elle pour encore respirer ? Même si son pouls est léger, elle n'est pas morte. Sa vie reste menacée, il faut être vigilant.

15 juin 2019

Samuel

J'ai réussi à dormir quelques heures. Je sors de ton lit d'adolescente avec une pêche d'enfer. J'ai l'impression d'avoir un coeur tout neuf. Le docteur nous a demandé de revenir aujourd'hui. Tes résulats n'étaient pas très bons le 9 juin. Je reviens à la charge aujourd'hui, dès l'ouverture des visites. J'emmène ton frère et ta soeur. Tes parents y sont déjà. Côme est avec sa mère. Je me suis habillé comme pour te séduire. J'ai peur que tu m'aies oublié, pire, que tu ne m'aimes plus. J'ai l'impression que c'est notre premier rendez-vous. Mais le contexte gâche un peu tout le romantisme.

On entre. Je suis devant, poursuivi de près par la fratrie. Tout le monde a fait un effort vestimentaire pour nos retrouvailles. J'ai une pression de plus que les autres. Les sièges en face de ta chambre sont vides. J'imagine que tes parents sont entrés. Le garde, posté devant ta piaule, nous informe que la chambre est déjà trop remplie, nous passerons après. Bon, je ne dis rien, car ce sont tes parents à l'intérieur. Aurel arrive, dans son jean noir et son manteau de cuir. J'ai des questions à lui poser.

- Salut, Aurel. Est-ce que c'est toi qui l'a retrouvée ? Je ne pourrais jamais assez te remercier, vraiment. Merci du fond du coeur, je t'en serai à jamais reconnaissant. Si tu as besoin de la moindre chose, n'hésite jamais à me joindre, je suis là. Merci, merci, merci...
- C'est elle qui a été extraordinaire, Samuel. Elle nous a appelés et nous sommes intervenus dans la foulée. C'était risqué, elle aurait pu se faire tuer. Samuel... Je dois te dire quelque chose.

Mon coeur danse la country. J'ai peur de ce qu'il va m'annoncer. Tu es tombée amoureuse de ton sauveur, chérie, c'est ça ? Tu me lâches pour ton collègue ? Tu me disais que vous étiez de simples amis. C'est l'effet de sa cape qui t'a retourné le cerveau, je suis sûr. Lou-Anne, tu n'as pas le droit de me lâcher une seconde fois. Je baisse la tête et fais mine que je suis prêt à entendre ses aveux, même si je ne le suis pas.

- Lou-Anne était séquestrée depuis tout ce temps dans le sous-sol de Franck Peynnot. Madeleine Peynnot a été retrouvée dans un état très critique dans ce même sous-sol. Elles ont vécu plus d'un an ensemble, dans la souffrance, la peur, et les coups. C'est Franck Peynnot qui battait sa femme depuis des années, toujours je dirais. Il s'en est pris à Lou-Anne, en mars dernier.

Je suis abasourdi. Je n'avais jamais entendu parlé de la vie de mes parents biologiques. Alors, mon père l'a frappée, et tenté de la tuer ? Ma mère va mourir à cause de ses coups ? Depuis combien de temps subit-elle cette violence ? La rage monte, je serais capable de le piétiner avec le Scénic de tes parents jusqu'à ce qu'il disparaisse sous forme de poussière. Mon propre père a fait du mal à ma fiancée. Tout se bouscule dans ma tête. Aurel me prend par les épaules par compassion et pour me donner de la force. Je ne pourrai jamais surmonter tout ça. Je m'étais imaginé un million d'histoires à propos de la vie de mes parents. Les vacances aux Maldives en amoureux bien plus importantes que son enfant, le travail qui prend trop de temps, la jeunesse, l'accident de préservatif... Tout ! Mais je ne me suis jamais demandé si ma mère avait eu le choix. Je m'appelle Samuel Salvato, qui veut dire "sauvé" en italien. Oui j'ai été sauvé, par ma mère biologique, des griffes de mon père, violent. Elle paye le prix pour deux, et moi, sono salvato.

Isabelle

Je me retrouve dans la même chambre d'hôpital qu'il y a une semaine. J'étais dans ce lit, aujourd'hui c'est ma fille. J'étais malheureuse, aujourd'hui je suis la plus heureuse. Elle dort, sous l'effet des médicaments encore nécessaires, mais la regarder est un pur bonheur. Une main dans celle de Pierre, une autre dans celle de mon enfant. Lou-Anne est enfin là. Elle a le visage recouvert de bleus, des cicatrices aux arcades, mais le coeur qui bat. Je n'y croyais plus, c'est ma renaissance. Pierre ne lève pas les yeux, ils restent fixés sur son visage. Sa vieille main effleure les blessures de notre fille, et une larme coule de sa joue. Je sais mon amour, on ne devrait pas avoir à subir cette vue. Même si c'est bien elle, son visage a changé. Il est terne, il est fatigué et abîmé. Qu'ont-ils fait à mon bébé ? Je tente de profiter du moment, et d'apprécier qu'elle soit enfin à mes côtés, sans penser au fait qu'elle ne sera plus jamais comme avant. Ses cicatrices me rappelleront toujours l'année de malheur que j'ai essayé de passer la tête hors de l'eau. Je me suis noyée des centaines de fois, et les cernes de son visage me le rappellent à chaque coup d'oeil. Mon enfant a perdu l'une des plus belles années de sa vie à tenter de rester en vie. Elle n'a pas flanché sous la violence. J'aurais eu la haine si mon

137

corps avait lâché, alors qu'elle se démenait pour revenir parmi nous. Ce moment restera à jamais gravé dans ma mémoire. Ma fille. Tes cheveux ont poussé, mais ils sont sales. Tu as maigri, c'est affolant. Reviens vite à la maison, je te ferai des bons plats, tous les jours, autant que tu en demanderas. Une infirmière nous demande de te laisser te reposer. Nous sortons, en te regardant une dernière fois. Derrière la porte, le regard rassurant de Pierre me convient, cette scène était bien réelle.

Nathalie

J'ai dû demander aux parents de la chambre 72 de sortir. Ma patiente doit se reposer. Son frère, sa soeur et son fiancé attendent devant. Dans deux heures, ils pourront revenir. J'ai l'ordre de réduire au maximum les visites. Cela fait une semaine que Lou-Anne est ici. Elle va mieux, mais nous devons encore la soigner. Ses blessures sont profondes. Elle dort toute la journée, ce sont les effets de la morphine. Nous n'avons pas le choix, mais j'avoue, j'ai hâte qu'elle soit sur pied. J'ai vingt-neuf ans, nous avons un an d'écart. Si j'étais coincée ici, après plus d'un an de séquestration, j'aimerais guérir le plus vite possible. Le battement de son coeur est régulier, ses machines sont branchées. Je reste à ses côtés. Son visage est marqué, on croirait qu'elle est plus vieille que moi. Elle ouvre les yeux et tente de se débarrasser du masque qui l'aide à respirer. Je l'en empêche.
- Bonjour Lou-Anne. Je suis l'infirmière Nathalie, je m'occupe de vous. Vous êtes très faible, et votre respiration est trop basse. N'enlevez pas le masque, il vous aide.

- Madeleine ! se force t-elle à prononcer malgré tout.
- Madeleine Peynnot a été retrouvée grâce à vous. Elle est sous traitement, nous tentons de la maintenir en vie. Ses blessures étaient trop profondes, elle est plongée dans le coma. Je vous promets de faire tout mon possible pour la sortir de là, tout comme vous.

Des larmes coulent sur son visage. Elle est à bout de force. Je ne suis pas assez forte pour tenir le choc face à autant de tristesse. Une larme accompagne la sienne, sur mon visage.

- Vous ne me connaissez pas, mais je vous connais. Gastes ne s'est pas remis de votre disparition. Derrière cette porte, toute votre famille vous attend. Votre fiancé est en costume, votre frère est sur son trente et un, votre sœur rayonne tant elle est sublime, et vos parents sont venus vous voir. Ils étaient fiers. Vous avez eu un courage incroyable et rare. Je ne serai jamais aussi forte que vous. Vous avez le droit de vous reposer, il faut vous épargner. Sachez que tous vos proches sont là, et qu'ils ne bougeront pas. Alors, prenez votre temps.

Richard Gonin

Le commandant Dumas, de la police de Gastes passe à la télé ce midi. J'augmente le son, il parle de la petite Lou-Anne. J'ai peur qu'il ait retrouvé son corps. Son père sera détruit et la famille sombrera dans la folie ou la dépression, plus qu'elle ne l'était déjà. Il apparaît devant les fleurs et les bougies déposées en son honneur. Il entame, et je comprends. La petite a été retrouvée, mais vivante. Elle est dans un état critique, mais sous surveillance à l'hôpital du coin. Je n'en crois pas mes

139

oreilles. Je n'en reviens pas. Les disparitions aussi longues se finissent rarement de cette manière. Ma fille est à mes côtés, elle saute de joie. Gastes doit sourire aujourd'hui. Dès qu'il a fini de raconter toute l'histoire, je décide d'enfiler mon manteau et de descendre en ville. La gamine a vécu l'horreur. Elle était maltraitée. On a donné le nom de celui qui lui a fait vivre l'enfer. C'est un malade qui habite Biscarrosse. Apparemment, il frappait sa femme depuis des années. Je hais les hommes violents. Ils sont lâches, ce sont des faibles. Leur manque de confiance est tellement fort qu'il faut qu'ils frappent plus faible pour se sentir hommes. Mais ils sont loin d'être des hommes. Ce sont des moins que rien. Si je l'avais en face de moi, je lui expliquerais ce que c'est que la vie. Il va croupir en prison, et tant mieux. Le monde se réunit devant le commissariat. Nous félicitons et remercions toute la brigade de Gastes, pour leur courage et leur réussite. La petite reviendra parmi nous. Personne n'oubliera son histoire, mais j'espère qu'elle saura se reconstruire malgré le traumatisme. Nous sommes une centaine réuni aujourd'hui, et les caméras nous filment. Gastes ne fait jamais parler d'elle, pourtant, le message de paix, de solidarité et de soutien qui en ressort aujourd'hui devrait toucher tout le monde.

Côme

Je ne voulais pas rester à la   maison. Maman a fini par accepter de m'emmener voir tata Lounane. Papa dit qu'elle reviendra jouer aux jeux vidéo avec moi bientôt. Je suis super content. Elle m'avait manquée, alors je cours dans les couloirs de l'hôpital pour la rejoindre. Maman me suit, en me criant dessus de ralentir. Je l'écoute, car je suis content qu'elle soit là pour une fois. Papa dit qu'elle repart bientôt, moi je n'espère pas. On a formé une famille normale tout le week-end. En plus, tata réapparaît pile au même moment, c'est un signe. Je retrouve tata Sonia, mamie, papi, et papa. Ils attendent dans le couloir. Samuel est plus loin, il discute avec un grand homme en tenue de police. Il a peut-être des ennuis, papi dit qu'il boit trop. Papa me prend sur ses genoux et m'explique que Lounane est derrière cette porte, mais qu'on doit attendre pour entrer.

- Vous avez pu la voir ce matin ? demande maman.
- Mes parents oui, pas nous. On attend, on nous a dit peut-être cet après-midi. Lou-Anne est très fatiguée... répond Sonia.

Je fixe la porte jusqu'à ce qu'elle s'ouvre. Est-ce que j'ai fait ça avec mes yeux ? J'en profite, je me faufile. La dame ne peut me retenir, je file entre ses jambes. Le lit est haut, et tata ne bouge pas. Le bruit de la machine est étrange et continu.

- Tata ? je demande.

Elle ne me répond pas. Je trouve sa main, je la serre fort. Elle me répond avec les doigts. Papa rentre avec tata Sonia et Samuel. Je ne me fais pas gronder. Les adultes sont lents, et ne parlent pas. Papa touche les cheveux de Lounane, qui ne dit rien, pour une fois. Je vois qu'il est triste, puisqu'il pleure, mais je ne comprends pas pourquoi.

- Tata Lounane est morte ? je demande.

Clément

Lorsque le bleu de ses yeux apparaît, je ne peux empêcher mes larmes de couler, encore une fois. Je ne l'avais pas oublié, mais c'est spécial de le revoir. Côme s'inquiète car elle ne bouge pas, c'est parce qu'il ne peut pas voir ses yeux. Il est trop petit. Je le rassure et prends la main de ma frangine. Si tu savais comme je t'ai attendue, petite soeur. Sonia est dans le même état. Nous ne parlons pas pour t'épargner, mais on a des milliards de choses à te dire. On se comprend en un regard, ce n'est pas le moment. C'est la première fois, depuis longtemps, que j'accepte, et apprécie le silence. Tu parviens à te redresser comme tu peux, blottie contre une masse d'oreillers. Tu es blessée au visage. Je passe ma main dessus pour tenter de les faire disparaître. C'est dur de te voir dans cet état, mais ton sourire me fait oublier les hématomes, juste une seconde. Tes yeux changent de direction. Samuel accroche ton regard, et ne le quitte plus. Tu sais qu'il en a beaucoup bavé ces derniers temps. Je lis dans tes yeux et dans les siens qu'aucun soupçon d'amour ne s'est envolé pendant l'année. Vous êtes toujours fous l'un de l'autre. Samuel est à terre, et tu t'inquiètes. Tu ne devrais pas. Il verse un torrent de larmes, et tente de garder l'équilibre sur le seul genou qui retient tout son poids. Le boîtier s'ouvre, est-ce qu'il est vraiment en train de te demander en mariage ? Il n'a prononcé aucun mot, mais tu remues la tête à la verticale un bonne centaine de fois. Il se relève et se précipite à ton chevet. Tout est silencieux. Nos larmes, nos rires, même sa demande en mariage, mais tout est vrai. Je suis ému et ravi pour vous. Tu le mérites petite soeur, et Samuel aussi. Je crois qu'il ne voulait plus perdre une seconde, il a eu trop peur de ne jamais pouvoir poser ce genou face à toi. Nous applaudissons les futurs mariés, dans le silence.

Samuel

J'ai fait ma demande en mariage. J'avais préparé un long discours pour la convaincre, mais rien n'est sorti. J'ai hâte de l'annoncer à la Terre entière. Ton visage a changé, mais tu es toujours aussi belle. Je t'ai sentie, c'est bien toi. Je n'en reviens pas, tu m'aimes encore. Tu as voulu me parler mais je t'en ai empêchée. Ménage-toi ma chérie, on reprendra nos discussions au coin du lit, dès que tu seras prête. Nous avons dû quitter la chambre. Je suis aux anges. Pierre et Isabelle me félicitent à peine sorti, car Côme leur a tout raconté, à peine sorti. Ils sont heureux pour nous. On fera le mariage de tes rêves. S'il te convient, il me convient. J'appelle ma mère adoptive pour la prévenir de ton retour, et de notre mariage. Elle sera invitée, évidemment. Elle est soulagée de te savoir de nouveau à mes côtés. Maintenant, c'est à la vie, à la mort, n'oublie pas. La nuit a été courte, je descends chercher un café. La machine est longue à se mettre en route. Je surprends une conversation entre un docteur et une infirmière.

- Comment va Madeleine Peynnot ? demande le docteur.
- Elle est toujours dans le coma. Ses blessures sont profondes. Nous faisons notre possible pour la ramener parmi nous. Elle était en arrêt cardiaque, nous la maintenons à flot. Certaines marques datent d'il y a quinze ans, d'autres plus, d'autres de la semaine dernière. Comment a t-elle fait pour survivre jusqu'ici ? Je suis écoeurée docteur, cette femme a connu l'enfer, enfermée, à vivre sous les coups de son mari toute sa vie. Vous verriez l'état de son corps... J'ai mal au coeur ! répond l'infirmière en s'asseyant sur un tabouret.

143

C'est de ma mère dont-elle parle ? Madeleine Peynnot m'a mise au monde entre deux coups de poing ? Et c'est mon père le responsable. Je suis sous le choc de ce que je viens d'entendre. Je me sens coupable de n'avoir rien voulu savoir durant tout ce temps. J'aurais pu éviter tout ça, et faire enfermer mon père bien avant. Lou-Anne serait ma femme depuis longtemps, ma mère aurait pu profiter de sa vie, et personne ne serait traumatisé par ce grand taré. J'espère que je n'ai pas de son sang dans mes veines. Je me lance.

- Je cherche la chambre de madame Peynnot.
- Vous ne pouvez pas Samuel, seulement la famille.
- Je suis son fils.

Je me surprends à prononcer ces mots. La confirmation du commandant Dumas me permet d'accéder à la chambre 93, où se trouve une femme battue. Je ne connais pas toute son histoire, elle reste celle qui m'a abandonné. Si elle meurt demain, j'aurais aimé la voir une fois. Je suis Nathalie, et me retrouve nez à nez avec ce spectacle morbide. Les machines remplissent la pièce. Elle est droite, les yeux fermés, et le corps déformé. C'est la première fois que je vois ma mère biologique. Ses cheveux bouclés sont les mêmes que les miens. J'ai la même marque au niveau du menton. Mais elle paraît morte. Je reste bouche bée un instant, le temps de comprendre.

- Je viens de faire ma demande en mariage. Vous avez rencontré ma femme avant que je ne vous rencontre. Elle était venue vous chercher ce soir-là. Qu'est-ce qui vous est arrivé Madeleine ? J'ai trop de questions à vous poser, vous devez vous réveiller.

Je parle de moi et de mon enfance à ma mère biologique. Elle ne réagit pas. Je reste là des heures, sans m'en rendre compte. En partant, entre deux larmes, je me force à lui prendre la main. J'aimerais qu'elle se réveille, alors je tente le tout pour le tout, même si c'est dur.

8 juillet 2019

Lou-Anne

C'est notre première douche à deux, depuis longtemps. J'avais oublié ce que c'était. Je regoûte à chaque petite merveille que la vie nous offre, celles qui paraissaient normales autrefois. Ce sont en fait de vrais cadeaux du ciel. Un vrai lit, une douche, un frigo plein, une moquette douce, un déjeuner complet, des chaussons, des vêtements propres, les fenêtres ouvertes... Je revis. J'ai encore des séquelles physiques. J'enchaîne les séances de kiné et tente de réussir à me baisser sans avoir l'impression d'être poignardée quatorze fois. J'ai le soutien de Samuel au quotidien, et de toute ma famille, alors j'y arriverai. Non, le vrai problème, ce sont les séquelles psychologiques. Je réapprends à accepter les gestes tendres de mon futur mari, comme Madeleine a dû le faire avec Dejan il y a longtemps. Je parle tous les jours d'elle à Samuel, et lui se rend à son lit d'hôpital le plus possible, en espérant qu'elle se réveille. Mon corps reprend une couleur normale, petit à petit. Je garderai ces cicatrices aux arcades, mais le plus gros ne sera plus qu'un très, très, très mauvais souvenir. Les fenêtres restent ouvertes, peu importe l'heure. J'ai besoin de ressentir cet air frais sur mon visage, à tout moment. Je réapprends à laisser Samuel regarder la télé sans croire que c'est Franck qui est devant, j'ai dû enlever le tapis à côté du lit, car je le voyais en sang toutes les nuits, j'ai acheté une veilleuse pour toujours avoir de la lumière, je laisse ouvertes toutes les portes, et je ne sors que très peu. Mes seules sorties sont pour aller voir Madeleine, mes parents, ou mon frère et mon neveu. Je ne suis jamais seule. Le temps effacera peut-être certaines blessures, mais pas toutes. J'ai eu un drôle d'effet en passant devant l'entrée du commissariat, fleuri en mon nom. Mes parents m'ont raconté les marches du 8, le soutien de chacun, les moments de faiblesses de mes proches, tout. Samuel m'a avoué sa rechute, et sa cure de désintox. Je n'ai pas honte de lui. Dieu sait dans quoi j'aurais pu tomber si j'avais été à sa place. Il s'en est sorti, et c'est ce que je retiens. Je l'aimerai toute ma vie, et je n'en aurai jamais honte. Mon père me demande pardon pour avoir perdu les pédales, et fait du mal à Samuel. Si mon mari ne lui en veut pas, je lui pardonne. Dieu sait sur qui j'aurais pu m'acharner si j'avais perdu ma fille. Ma mère me raconte ses crises d'angoisses, son espoir immense, les gens qui la prenaient pour une folle. Qu'aurait-elle pu faire d'autre qu'espérer ? Se résoudre à me savoir morte ? Je ne crois pas que ce soit dans ses cordes. Sonia me conte ses journées folles au travail, puis sa dépression et son envie d'en finir. Elle s'excuse de m'avoir incendié au téléphone le soir de ma disparition, et d'avoir pensé à nous abandonner. Que pourrais-je dire ? Dieu sait si je n'aurais pas voulu en finir, si ma sœur avait disparu. Clément me raconte mon anniversaire, et je lis tous les messages. Il m'a attendu jusqu'au bout, il faisait tout pour moi. Une fois de plus, il agit comme maman. Son espoir était immense, et je suis sûre que la force que je trouvais là-bas, venait de là. Sinon, je ne vois pas d'où, puisque j'étais désarmée. Il me raconte le retour de Romane, les questions de Côme, ses cauchemars... J'ai perdu beaucoup de temps. Richard Gonin est passé me voir la semaine dernière. Les Gastais défilent. Ils me prennent dans leurs bras, certains sont émus, même si je ne les connais pas tous. Toute cette solidarité me permet d'avancer tant bien que mal, avec mes blessures et mes appréhensions. Aujourd'hui, nous sommes le 8 juillet, et nous descendons les rues de la ville en couleur. Je m'appuie sur Samuel, et revisite ma ville. Elle m'avait manquée. Les larmes coulent, les rires retentissent, les cris se font entendre, tout rentre dans l'ordre. Ou presque. Je prends sur moi, mais certains gestes brusques me font trembler, des musiques me font sursauter, et Madeleine devrait être devant, à guider cette marche haute en couleurs avec moi. Nous rentrons, le soir arrive. Je m'éclipse, j'ai un appel à passer. Il décroche, je suis soulagée.

Dejan

J'ai reçu un appel de France. Une jeune fille a trouvé mon numéro, et me demande de venir dans son pays dès que possible. Dès qu'elle prononce le nom de Madeleine, je prends mon billet. Je décolle demain matin. Le vol n'est pas long, c'est deux heures. J'y serai le plus tôt possible. Elle m'a expliqué leur histoire. Je suis déçu qu'elle ne m'en ait pas parlé plus tôt, triste d'apprendre son coma et la vie qu'elle a menée, et furieux de l'avoir laissé s'enfuir, sans insister. Elle m'avait donné un numéro, mais je l'ai essayé des centaines de fois, il ne marchait pas. J'ai cru à cette histoire de mère malade le jour de son départ, puis j'ai compris que je ne la reverrais jamais ensuite. Elle a voulu m'épargner, et se débrouiller seule avec son mari violent. Aujourd'hui, elle est dans le coma, et risque de mourir. Je ne m'en suis jamais autant voulu. J'aurais dû prendre l'avion, et tout faire pour la retrouver ensuite. J'aurais réussi ! Elle serait avec moi depuis longtemps, on aurait passé notre vie ensemble. Au lieu de cela, je l'ai laissée mourir en enfer. J'aurais dû lui faire confiance. Nous avons vécu un amour sincère et passionné durant des années. Mon pays lui a tout de suite plu, et elle est restée à mes côtés. La maison que nous habitions nous offrait une vue magnifique sur la baie. Madeleine adorait se lever tôt pour regarder le soleil devenir grand. Durant huit années, j'ai pu assister à ce spectacle à ses côtés, et je ne m'en suis jamais lassé. Lorsqu'elle est partie, je n'y faisais même plus attention. Les choses perdent tout leur sens sans l'amour de sa vie, même les plus belles. Ma valise est bouclée, dès demain je prendrai un taxi jusqu'à l'aéroport. La française m'a donné un point de rendez-vous. J'ai hâte, mais j'ai peur de te retrouver. C'est sans doute les frissons de l'amour. Ou de ta mort ?

Aurel

J'ai demandé au nouveau de changer de bureau. Celui du lieutenant Sommelier est tout propre, bien rangé, et prêt à l'accueillir dès qu'elle sera prête à revenir. Notre chef lui a accordé des mois de repos, le temps qu'elle se remette. Je comprendrais qu'elle veuille arrêter, mais j'espère qu'elle va continuer. La brigade perd gros si elle s'en va, surtout moi. Elle est un très bon élément, et une très bonne amie. Je passe la voir de temps en temps, mais j'évite de trop les encombrer. Ils sont dans leur projet de mariage, et Lou-Anne essaye de retrouver ses marques dans un monde qui a dû tourner sans elle. J'attends le coup de fil de l'hôpital tous les jours, celui qui me préviendra que Madeleine Peynnot s'est réveillée. Lou-Anne m'en a parlé pendant des heures. Elles se sont entraidées, soutenues, et adorées. Mon amie y tient beaucoup. De plus, j'estime qu'elle a largement mérité de rencontrer enfin son fils, qu'elle a protégé toute sa vie, sans qu'il ne le sache. Elle est aussi une héroïne, sans cape, et sans récompense. Samuel passe ses journées à son chevet. Je me rends compte que chacun attend quelque chose des autres. Chacun espère, et a peur pour une autre personne. Moi je suis seul. Je n'ai pas de copine, mes amis sont tous casés, et ma famille est loin de Gastes. Je suis heureux et entouré, mais je rentre seul tous les soirs. Tous dorment près de leur moitié, leur soeur ou leur mère, moi, personne. Si j'avais disparu un an, personne n'aurait été chez moi et m'aurait aider à réapprendre à vivre. Cette nuit est un avant goût de ma future vie, seul et déprimé au fond de mon lit.

Samuel

Nous partons de bonne heure. Lou-Anne s'est réveillée trois fois en sueur dans la nuit. Je ne dors que d'un oeil pour la surveiller. Dejan, le petit ami de ma mère, arrive à l'aéroport dans trente minutes. On se dépêche. Je suis stressé de le rencontrer, mais reconnaissant. Il est le seul homme à avoir rendu heureuse ma mère. Quand je désertais et que mon père la battait, lui l'aimait. Un jour, il a dû la laisser filer, et vivre sans nouvelle de sa part depuis. Aujourd'hui, on lui en donne enfin. Elle est entre la vie et la mort, couverte d'hématomes plus vieux les uns que les autres. L'aéroport de Biarritz n'est pas très grand, et désert à cette heure-ci. Nous avons pris une pancarte avec son nom inscrit dessus. Il court vers nous avec son énorme sac à dos et ses cheveux bouclés, dans le vent. Je ris de la scène. Je le salue, mais n'ose pas me présenter comme le fils de Madeleine. Je ne sais pas si elle aimerait, ni s'il est au courant de tout. Je serai juste le mari de Lou-Anne pour aujourd'hui, ça me va. Nous l'invitons à monter dans notre vieille voiture cabossée, et sans attendre, direction l'hôpital. Je me tords les pouces. Je ne sais pas comment le prévenir que l'amour de sa vie est dans un état grave. Le choc va être brutal, c'est sûr. Le parking de l'hôpital est plein à craquer. Je laisse Lou-Anne emmener Dejan à l'intérieur, il trépigne d'impatience. Il aura pourtant tout le temps de lui parler et de l'admirer. Elle ne lui coupera pas la parole, et elle ne partira pas non plus. Je l'espère en tout cas.

Lou-Anne

Dejan est à l'intérieur. Je n'ai pas réussi à le prévenir que le choc serait terrible. Il ne pouvait plus attendre, alors il est entré. J'espère que ça ira pour lui. J'attends à l'extérieur, et Samuel me rejoint. Il reste des heures dans la chambre, je commence à m'inquiéter. Je frappe et entre. Dejan lui parle dans une autre langue, en lui tenant la main. Il s'arrête.
- Je lui raconte toutes les nouvelles du village. Kotor a beaucoup changé en trois ans. Désolé si c'est long, mais j'ai tant de choses à lui dire.
Je souris, et m'éclipse avec la même vitesse que je suis entrée. Je sais qu'il veille sur elle, et qu'elle est heureuse à son bras.

J'espère qu'elle peut l'entendre. La journée est passée à la vitesse de la lumière, je dois me dépêcher de rentrer. J'ai un repas de famille.

Pierre

Isabelle ne sourit pas, alors qu'elle cuisine. Elle nous fait ses traditionnelles lasagnes, mais elle a peur. La dernière fois, notre vie a basculé en une soirée. Elle a appelé Lou-Anne et Samuel une dizaine de fois pour savoir si tout allait bien. J'ai coupé les parts du gâteau, et je ne toucherai qu'à une seule, c'est promis. Les enfants ne devraient plus tarder. Je sens cette odeur de bolognaise et de gruyère, mais ce n'est plus pareil. Je me rappelle désormais du régal que sont ces lasagnes, mais aussi du cauchemar qu'elles cachaient la dernière fois. J'entends une voiture arriver. Je suis stressé, et je vois bien qu'Isabelle est dans le même état. Je refuse de céder au chantage de la peur, et je mangerai ces lasagnes, en famille, auprès de mes trois enfants. Lou-Anne passe la porte avec Samuel. Je suis soulagé, et hurle qu'elle est arrivée pour détendre ma femme. Elle est magnifique. Ses cheveux ont retrouvé leur éclat, et son visage, sa finesse, bien que ses arcades soient abîmées. Elle porte un col roulé en pleine canicule, et un pantalon long. Ce sont les effets d'un corps parsemé de taches violettes pendant plus d'un an. Sonia se fait entendre, elle hurle sur le chien Jimmy avant de passer la porte. Elle sourit et prend sa soeur dans ses bras. L'atmosphère des repas de famille ne sera plus jamais la même. Elle aussi, rayonne dans sa robe moulante. Clément arrive sans tarder, au bras de Romane. Côme est déjà dans la chambre, cet après-midi, c'était Gaufre Party chez papi.

Chacun prend sa place et sa part. Le silence ne se fait pas ressentir longtemps, et toute la petite famille se met à jacasser dans tous les sens. Une larme m'échappe sans que personne ne s'en rende compte. J'ai l'impression d'être le 8 mars 2018, et que la suite n'était qu'un horrible cauchemar dont je viens enfin de me réveiller. C'était le cas ? Le col roulé de Lou-Anne m'affirme que non. Le fait que nous ne nous soyons fait aucune réflexion également. En prime, le fait qu'elle soit arrivée la première finit de me convaincre. C'est bien réel.

Dejan

Je n'ai plus assez de vocabulaire pour continuer à m'excuser, plus assez de larmes pour continuer à pleurer, plus assez de salive pour continuer à lui parler, et plus du tout de forces pour rester éveillé. Je lutte depuis déjà des heures. J'ai peur qu'elle ne m'échappe dans la nuit si je m'endors. Mes paupières tombent, et je deviens la cible de la fatigue. Elle m'emporte en une seconde, mais ma main reste fermée dans celle de l'amour de ma vie. Mes yeux se ferment lorsque les siens s'ouvrent enfin. Premier regard en guise d'accueil ou dernier regard en guise d'adieu ?

FIN

Remerciements

La liste est longue. Mais je veux remercier en premier, toutes les personnes qui sortent de l'ordinaire, celles qui sont différentes et l'assument, ou ne s'en rendent même pas compte. Vous avez été ma plus grande source d'inspiration pour ce roman.

Marie, ce sont tes goûts et tes particularités qui m'ont mis sur la voie de l'écriture de mon troisième roman.

Estelle, tes excès et tes différentes facettes m'inspirent, merci de ta différence, merci de ta folie et de ta joie de vivre, et merci de tes moments parfois sombres, même s'ils font très très mal.

Sandra, ton calme et ton intelligence se font ressentir dans certains de mes personnages, merci de me montrer l'exemple depuis toujours. J'apprendrai toujours de toi.

Papa, maman, je ne sais pas encore ce que peuvent ressentir les parents pour leur enfant, mais j'essaye de le lire dans vos yeux et l'insérer dans la tête de mes personnages, en attendant de savoir ce que c'est vraiment.

Merci à mes amis, qui m'ont fait savoir qu'une amitié peut changer une personne et rendre la vie bien meilleure. Merci Violette Hugues, merveilleuse amie, grande artiste et dessinatrice de la page de couverture du roman.

Merci à mes parents pour ce dernier et magnifique voyage surprise en famille, au Monténégro, d'où viennent toutes les idées de ce roman. Les paysages m'ont bouleversée, et la sympathie des habitants, surtout. Je me souviendrai toujours de ces endroits, surtout la baie de Kotor et la ville de Perast, un vrai coin de paradis au milieu des îles et des dauphins. La mer, le soleil, les montagnes… Une vraie source d'inspiration. Plus particulièrement, merci maman pour l'organisation extra et l'idée surprenante de destination, bientôt gravée sur ma peau (aïe j'en connais une qui va râler).

Merci à ma grand-mère, Mounette, pour les enfilades de séries policières qui m'ont permis d'imaginer ce qui se passe dans la tête d'un commandant, d'un lieutenant, ou d'un jeune policier qui débute, mais veut prouver qu'il mérite sa place.

Merci la vie pour l'inspiration et la découverte de l'écriture, qui me maintient en vie. Ecrire a toujours été le remède à mes blessures, mes questions, mes doutes, et aujourd'hui, c'est une vraie addiction. J'ai besoin de la vie de mes personnages, et de pouvoir enfiler toutes sortes de costumes. C'est un peu comme jouer la comédie. Je deviens un veuf, un disparu, une infirmière, un policier, une soeur ou un père, sans lever les yeux de mon ordinateur. J'ai adoré voyager entre les âmes de mes différents personnages, et j'espère que vous vous y êtes baladés avec le même enthousiasme, et les mêmes frissons.

Le mot de l'auteur

J'étais en train de me baigner dans l'eau turquoise de la mer Adriatique, lorsque j'ai pensé à ma petite cousine. Nous fonctionnons à deux, jamais l'une sans l'autre, et ce depuis toujours. Sa différence m'a parlé, elle m'a évoqué les inquiétudes de son entourage, le message qu'elle-même voulait faire passer dans chacun de ses actes… Puis ma soeur cadette m'est venue à l'esprit. J'ai compris qu'elles se ressemblaient beaucoup toutes les deux. Il faut dire qu'en terme de "différence", elles frappent fort. Différemment, mais pour dire la même chose. La même détresse les envahit. Les mêmes inquiétudes envahissent leur entourage aussi. Tout le monde souffre beaucoup, mais rit de ces différences, aussi. Parce qu'on est comme ça chez nous. La tristesse se tourne souvent vers l'humour pour être digérée avec plus de facilité. Du moins en apparence. Décès, ruptures, maladies, vieillesse, accidents, crises… On rira forcément un jour de chacun de ces évènements. Je suis sortie de l'eau fraîche, et j'ai pris un sacré coup de soleil dans le dos en écrivant durant des heures dans les notes de mon téléphone. Mes idées prennent forme, puis on rentre. En deux heures, j'avais sous les yeux deux pages de brouillon pour mon troisième roman. Rien de précis, des idées sur les personnages, un déroulement, mais rien de concret. A peine revenue en France, je pris mon ordinateur dans le train, et les premiers mots sont apparus. J'ai passé des heures à communiquer avec mes personnages. Certains passages me faisaient mal au ventre tant j'y mettais du coeur. J'espère que vous le ressentez à la lecture. J'ai voulu joindre à cette idée de différence qui fonde le personnage de Lou-Anne, une chose qui me suit depuis longtemps. Le paraître. Je me suis mise entièrement dans la peau de chacun de mes personnages, à travers ce regard omniscient et interne, pour que vous sachiez tout. Parfois, même souvent, on perçoit les choses autrement de ce qu'elles sont réellement. Pierre est un homme dur, ferme, qui ne montre rien. Mais au fond, il vit ce malheur avec autant de souffrance que les autres, mais il se donne le rôle courageux de devoir porter sa famille en ruine, à bout de bras. Dans la vie de tous les jours, on voit les choses telles qu'elles sont, sans savoir si elles reflètent la réalité. Une mère trop rigide cache peut-être une souffrance qui la rend ainsi, une ado rebelle cache sûrement des blessures inavouables... Chacun se connaît, et apprend à montrer ce qu'il veut de lui-même. Les autres ne verront que cela. J'ai voulu montrer ce phénomène-là, surtout qu'il devient de plus en plus fort avec l'essor des réseaux sociaux. Les autres ne voient qu'une soeur qui reprend vite le travail et sa vie d'avant, un fiancé drogué, un père froid, une mère folle, un habitant solidaire, une infirmière dévouée, une ex-conjointe présente... Le point de vue que j'ai choisi est là pour vous montrer ce que chacun ressent vraiment, au-delà de cette image extérieure. Ne jugez pas trop vite, car tout le monde peut montrer ce qu'il veut de sa personnalité. Un drame met tout le monde à nu, désemparé. Cette disparition est l'élément qui va perturber mes personnages, et leur demander de faire cette balance entre ce qu'ils savent et ressentent, et ce qu'ils vont vouloir montrer. C'est la même chose dans la vie de tous les jours, et pour tout le monde. Alors, ne jugez pas trop vite. Mettez-vous à la place des autres, tentez de déceler le paraître du réel et ne croyez pas tout ce que vous voyez, entendez ou pensez. Les conséquences peuvent être lourdes, surtout en nos temps.